贵州出版集团有限公司出版专项资金资助项目

编委会

多彩民族文学书系

彭学明主编

冉正万

著

贵州出版集团

贵州民族出版社

图书在版编目（CIP）数据

图云关 / 冉正万著. -- 贵阳：贵州民族出版社，
2025. 2. --（多彩民族文学书系 / 彭学明主编）.
ISBN 978-7-5412-3055-4

Ⅰ. I247.5

中国国家版本馆 CIP 数据核字第 20252P7N40 号

DUOCAI MINZU WENXUE SHUXI
TUYUNGUAN

多彩民族文学书系
图云关

著　　者：冉正万
主　　编：彭学明

责任编辑　文　智　杨　意
出版发行　贵州民族出版社
地　　址　贵阳市观山湖区会展东路贵州出版集团大楼
邮　　编　550081
印　　刷　贵阳精彩数字印刷有限公司
开　　本　880 mm×1230 mm　1/32
字　　数　180 千字
印　　张　6.25
版　　次　2025 年 2 月第 1 版
印　　次　2025 年 2 月第 1 次
书　　号　ISBN 978-7-5412-3055-4
定　　价　58.00 元

目　录

图云关

泡沫巨人和愚人金

二〇一四年，我无意中拥有了一片森林和森林中的小木屋。这是我从遵义调到贵阳工作后的第十四个年头。

当年来贵阳，从地质队员变成杂志社编辑后，我住在二十世纪六十年代修建的红砖楼里，寝室曾是杂志社诗歌编辑室，接待过几位八十年代红极一时的诗人。作协在旁边修了新楼，杂志社和作协机关搬了过去。红砖楼的房间并非全空，有一半是仓库，堆放书籍和过刊，还有鸡肋似的旧桌椅旧电器。我住进来时这里的房间特别乱，除了柏木桌椅和哑铃石锁，还有一堆《大众电影》，杂志封面全是明星，我把它们送给了收废品的人，实在不忍心让蟑螂和老鼠去啃封面上那一张张漂亮的脸。

杂志社只上半天班，每到周五，其他人便归心似箭，偷偷察看主编在不在，准备趁他不在开溜。我下班后只能瞎逛，先在作协附近转圈，后来越走越远，去蟠桃宫、去南明河、去洪边门，既不东张西望，也不低头思考，像傻子一样向前走去，不走回头路，也无所谓对错。就这么走了三年，有一天看见东南方向山脉潜踪，扭头处林茂草丰，绿意诱人。那是什么地方？山上说不定有矿。我当地质队员时见过类似山头，那时的山上有锰矿和银矿。

我每天读稿件十万字左右，每次都在寻找惊喜，一年下来最多有两三次惊喜，大多味同嚼蜡。这天还遇到一件烦心事。一位在广东工作的贵州人打电话给我，说她看过我所有作品，觉得我每一个故事都在写她，对她造成巨大伤害，令她感到难过、绝望、生气，准备到法院起诉我。我结结巴巴不知如何回答。她长什么样，她有何经历，我一概不知。但她的语气那么真切，真切得让我怀疑自己，也怀疑眼前看到的一切。后来，我特别担心有广东打来找我的电话，不管什么电话，我都让别人先接，如果是找我的就说我不在。第一次没看主编脸色，我决绝地走出作协大楼，只带了一瓶水就向那片山林出发。

从都司桥折向宝山南路，经团坡桥至油榨街，从贵钢花鸟市场开始爬坡。阳光像拳头一样打在背上，汗水在脸上如同蚯蚓般滚动。想起午饭还没吃，不觉得饿，只觉得狼狈。走了半个小时，视线渐渐越过油榨街一带楼房，可以看到大半个城市。直线距离与闹市并不远，心理上却已经有离开尘间的优越感。

陡坡之上是平地，裸露的石灰岩之间有零星菜地，种着豇豆、四季豆、茄子、丝瓜、南瓜，取走了玉米棒子仍然青绿的糯玉米秆被晒出甜味。这些土地是谁在种呢？地中间插了个稻草人，没用稻草，而是用一块泡沫塑料削成，非常高大，没穿衣服，胸前用红油漆写了一个"滚"字，写得张牙舞爪。围绕"滚"字写了九个小字"捡垃圾的小偷打打打"。我心里猜想可能是捡废品的人顺手牵羊，顺走了不该拿的东西。泡沫巨人头上用塑料片做了两个招风耳，招风耳上挂着长长的红布条，脖颈处装了个从玩具车上拆下来的小轴承，风轻轻一吹，大脑袋立即旋转，风再大点，红布条开始飞舞。这是稻草人中的超人，赶麻雀的能力比上一辈稻草人强大得多。

没走多久看见一个烟酒店，店名写在纸板上——水井湾烟酒店。喜欢"水井湾"三个字，它让我联想到清凉的井水和涓涓细流制造出来的生机。我去买了一瓶啤酒、两根火腿肠、一包饼干。

饼干特别难吃，有股煤油味。若在城区，我宁愿多走几步，去找牛肉粉、辣鸡面、肠旺面、蛋炒饭、怪噜饭、盖浇饭。这时，有只小狗可怜巴巴地望着我，我掰了块火腿肠给它，它的小尾巴弹簧一样摇晃。我对狗一无所知，从没养过。这只小狗毛色黑中带灰，很肥，嘴筒和尾巴都短。我把剩下的饼干和火腿肠都给了它。小狗不吃饼干，只吃火腿肠。我离开时，它叼着吃剩的火腿肠跟了上来，我赶它回去，它只缩了一下圆滚滚的身体，没后退一步。我转身，它再次跟来。不是土狗，是癞皮狗。

马路再次变陡，我抬眼一看，顿时哭笑不得，买什么饼干呀，陡坡上有一条小街，小街两边几十家米粉店和小饭店，牛肉粉、羊肉粉、豆花饭、蛋炒饭随你选。我慢下来，小狗屁颠屁颠跑到我脚边讨好，我骂它"不要脸"，它会错意，小尾巴摇得更欢。小街叫陡街更合适，若是有人在街中间放个乒乓球，顺着马路滚下去，它可一直滚到油榨街。街道尽头有块长方形石牌，隶书横列"图云关"三个大字。

我叫小狗回去，"你妈会想你的"。它讨喜作跳跃状，我吼了声"滚"，这厮一改常态，龇牙作势要咬人。我说"撞你的鬼哟"，它立即前腿匍匐，用亮晶晶的眼睛看着我。

森林就在眼前，凉风爽得让人背气。大石头上有字，苔藓覆盖，认了半天只认出一个"雨"字（几年后图云关向市民开放，字迹填红描漆，才知道是"雲程第一"）。这里确实是个关口，用"一夫当关，万夫莫开"来形容有点夸张，但两挺机枪足可阻止向上冲锋的敌人。山坡那么陡，不用石礌檑木，撒泡尿都能把人冲下去。山上大树主要是松树和梓木，其次是柏树和楸树。我爬上东边乱石冈，半躺在嚓嚓响的枯叶上面。韩愈写楸树："谁人与脱青罗帔，看吐高花万万层。"我只想说，石头上树叶少了点，硌人。正准备打盹儿，小狗的头露了出来，我忍不住笑了。我专门挑了块陡峭的大石头，它居然也能爬上来。我没好气地说它："我又不是你爹，老跟着我干什么？"它拒绝承认似的回应："汪，汪汪。"

贵阳人有个说法："猪来穷，狗来富，猫来丧。"我一向嗤之以鼻，无缘无故，它们怎么可能来你家。这家伙赖上我，我确实没料到。凭这个圆滚滚的小家伙能给我带来财富，用钱砸我也不信。小狗看见我高兴的表情后滚了滚身体，趴在石头上，不时伸出舌头，"席席席，席席席"，很安逸很放心的样子。

我给小狗做窝，一个纸箱，垫上报纸和旧衣服。它把一切当成玩具，将它们撕成碎片。为了阻止狗毛乱飞，我给它穿上一件马甲，它就像披了件大氅、功夫不到位又喜欢惹是生非的小侠，又萌又憨，笑得我胸口痛。

原计划周末再去图云关找矿，打算一早就去，我准备好了水和食物，还有坐垫和草帽，想在上面待一天。早餐吃糯米饭，管的时间长。还没吃完，主编叫我去他办公室。我怀着几乎崩溃的心情咽下最后一口。他这是要干什么呀？叫我去加班？

不是加班。主编室有东西发臭，他没找到臭源，叫我来帮忙。主编室差不多是仓库，到处是摞得高高的书和没拆封的杂志。偶尔哗啦一声响，是他为了找某本书发生"书崩"。

那种臭，用一百本书也写不完，一旦想去描述，它会变得更臭。一开始觉得非吐不可，当你找不到臭源，注意力集中到寻找上，会被这神奇的臭味吸引。屋子里杂乱无章，找了一个小时没找到臭源。我让主编回去，他拿起任何一本书都看得津津有味，忘了找臭源，也忘了臭。他离开时说："来喝酒。"和安排工作时一样，也是命令的口吻。

我想到小狗，据说狗鼻子比人鼻子灵一百万倍（不知道是怎么计算出来的，五十万倍和一百万倍有何区别）。抱它回去时，我发现它的鼻子像个独蒜。我给狗取了个名字：大蒜。取了名字的狗并不比无名狗能干，它对一切够得着的东西都喜欢啃几口，我强行提起它的头，让它闻臭味在哪里。没用，它闻到了也无法告诉我。

最后在书柜外侧与窗户之间夹缝的挂钩上找到一块变色的猪肝，他老人家在猪肝外面挂了块毛巾。

下午去主编家，告诉他搜寻的结果。他没笑，也不意外，平静地说："那天经过菜市，看起来新鲜。"他喜欢吃猪牛羊的内脏，还有鸡头鸭头。猪肝放在办公室，早被他忘得一干二净。

从主编家里出来后直接去图云关，正好用新鲜空气清洗猪肝的臭味。从这以后，我只要有空就去。山上没有锰矿银矿，只有石灰岩和页岩。这不要紧，有树就行。在某片森林里穿梭的次数多了，便把那里当成自己的地盘，捡拾坚果，掏一撮松脂，挖一根长相奇特的树根，像在你自己家里一样自在。而不熟悉的人闯进来，会带着征询的表情看着你，担心你不允许碰这里的一草一木。这和哥伦布宣布中美洲为西班牙领地如出一辙，和动物的领地意识大同小异。

森林对这种行为不但认可还总是奖赏。每次依循熟悉的林中小路钻进去，一定不会落空。哪里有紫花菌和羊肚菌，哪里有蕨苔和泡参，哪里有刺莓和野草莓。

和大蒜在森林里钻了两年，大蒜长成一条大狗，我也熟悉了图云关一半以上森林。我们最爱去的是水井湾上面的小山，和身后的山比起来，不过是整条山脉的脚指头。坐在脚指头上，可以看到大半个贵阳。当时没那么多高楼，连编辑部那栋楼都看得见，200米外的消防大楼和它贴在一起，消防大楼上的瞭望塔像普鲁士尖顶盔一样戴在作协大楼顶上。自己平时在那栋楼里面看稿，发牢骚，偶尔写作、发呆，退到城市边上远观，会觉得好笑，像看老照片一样遥远。时空已发生位移，心里不再那么排斥。

从二戈寨进城，在富源中路即可看见挂在半山上的民房。任何人看见这些房子都会冒出一个印象：布达拉宫。私下里我也这么称呼。

我和大蒜坐在小山上，"布达拉宫"在我们脚下。房舍错落有致，神秘、安详。不过是普通城郊自建房，却给人远离凡尘的清静感。月光明亮的夜晚，风摇松枝，枝影投到地上变化无穷，大蒜腾挪跳跃怎么也咬不住，它不服气地叫几声，然后趴在我脚边小声哼哼。

如果星光黯淡，我们或看车、看城市灯光，或打盹儿小睡，天亮后再回家。

原以为这就是全部，但真正的故事这才开始登场。

这一切要感谢大蒜。如果不是它，后来的故事不会发生。

当时在编辑部，谈论最多的是某亿万富翁被判死刑、某歌手不幸离世，还有在德国举办的世界杯足球赛。很少谈文学，即使谈也只有两三个人时才谈。那届世界杯开赛后，无论平时喜不喜欢足球的人，都有兴趣发表意见。对齐达内是否应该被红牌罚下场一事争论最激烈，一方以为自己代表人性，一方以为自己代表公平……因为足球，大家对世界历史和文化重新产生兴趣。我的发现同样重要，但在球迷们面前插不上话，可以插话时却再也不想说了。好吧，这是我一个人的秘密。

大蒜似乎早有预感，那阵子一进森林就往深处跑，前面并没有野兔或松鼠，至少我一次也没看见。森林迷人又惑人，低头走上半个小时，你会有小小的害怕；走上两三个小时，你会怀疑自己是否还能找得到路回去。如果恰好走到森林边界看见人烟，会感到重回人间般惊喜。

那是记忆里又热又干燥的一天，枯叶被踢开后散发出浓重的腐败气息，让人联想到古人惧怕的瘴气。"处处山川同瘴疠，自怜能得几人归。"我已精疲力竭，大蒜不顾一切地从树底下荆棘丛中拱过去，我的衣服被刮破，脸和手划出血都追不上它。大蒜一点也没有停的意思，像发情似的悍然不顾。发情的狗目标明确，可以像侠客一样仗剑走天涯。可大蒜已做过绝育手术。给大蒜做手术的医生说，狗狗绝育后可以多活几年。当时松了口气，事后却在纠结中内疚：多活几年就一定比不行使交配权更好？狗从属于人，也就失去了选择权。

大蒜穿过荆棘后停下来等我，它知道作为人的局限，不可能像它一样敏捷。正是因为这样我才没真生它的气。穿来拱去好几个小时，感觉已经是下午，越来越担心天黑前走不出去。我是个怕死的人，担心死在这里没人知道怎么死的。

我们走到一个山坡上，上面仍然是松树，但此处的松树比其他地方的粗壮。我坐下来，决定休息一会儿后回家。大蒜在枯叶里拱来拱去，拱出一块牛蹄大的石头，闪着星星点点的金光。这不是黄金，是黄铁矿，可以提炼硫黄。不懂的人以为是黄金，因此又叫"愚人金"。

大蒜忽然不安地吼叫，我忙捡起黄铁矿石。这次它没敢擅自往前冲，一步一回头，看我是否跟在它身后。树丛里冒出一股青烟，不是很浓，但确实是柴火燃烧后的青烟。大蒜试探性地吼了一声。我感到害怕。"火灾""法律""监狱"，这些刺激性极强的词全涌出来。我脑袋发胀，浑身发热。

拨开箬叶，看见松树下一个小木屋，小木屋前坐着一位老人，皱纹比头发多，头发比眉毛白。我牵着大蒜项圈，以免它冲动。

老人很不友好地看着我，对大蒜更不欢迎，如果手里有棍子，他非狠狠打大蒜一棍子不可。幸好他手里只有荆竹根，铅笔那么长，使不上劲。火烧在木屋外面的地上，圈了三块石头。为了把竹根揉成想要的形状，他不时把竹根放到火上烤。看起来他一点也不怕烫。

木屋里还有另一位老人，戴了顶迷彩圆盘防晒帽，看不出年龄，他责怪同伴："看嘛，叫你不要烧火非要烧，把人惹来，这下安逸了。"

"我管得住这堆火？"他的火气远比地上这堆火大。地上的火很文静，他的火很暴烈。

我让大蒜坐下别动。为我们的不请自入向他们道歉："老人家，对不起哈，狗乱钻乱拱，拱到你们的地盘上来了。"

他哼了一声。我只好夸小木屋："你们这个房子又漂亮又安静，我第一次看见。"

木屋里外收拾得很干净，搭木屋的材料主要是竹子。柱子是合在一起的三根竹竿，墙壁用粗竹片编夹，再用加入碎稻草的黄泥涂抹，挤出墙外的泥没管它，竹片与波浪似的黄泥古老又现代，里墙刷过生石灰，有种圣洁感。屋顶盖的是茅草，开始腐烂的茅草上长着韩信草和酢浆草，瘦弱又不屈。地板是三合土，鞋底温柔的摩擦，已让它有一层油亮的硬壳。凳子是条凳，一头搭在树桩上，一头搭在石头上。

"你是干什么的？"

"我是杂志社编辑。"

"编辑？编辑是干什么的，编筲箕、编斗笠？"

木屋里面的老人笑出声来："什么是编辑都不知道，你呀。编辑是编报纸、编书的人。编筲箕，噫！不怕人家笑话。"

"老哥，我又不看书。"

戴帽子的老人挪向门边，他脸上皱纹没有外面这位多，但看起来岁数并不小，眉毛都白了。他替我解围："他呀，就是个文盲，一字不识，只认得烟盒烟杆 。"

我觉得当面说一个人"文盲"不好，这个"文盲"却高兴地说："我虽然是文盲，但我儿子不是，我孙子不是。"

"这倒是真的，他儿子是医生，孙子也是医生，还是个博士。烟杆钻通没有哇？"

"早就钻通了，段老者，没有我钻不通的荆竹根。"

"是啰是啰，你的名字叫苏烟杆嘛。"

"八尺长的我都钻通过。"

"吹牛要打草稿。"

"你找根八尺长的竹根来，我钻给你看。"

我把那块愚人金丢地上，老者歪头看了一眼，"哟！找到金子了"。语带嘲讽。我不但告诉他这块石头所含物质，还告诉他们我曾在地质队工作，也曾漫山遍野到处跑。他们对地质队员的兴趣远超编辑，我们之间的距离一下拉近。

他们抢着打听地质队的秘密。

"听说地质队有钻山眼镜，能看到地下的东西。"

"你会看地吗？看阳宅，看墓地。"

"贵州有石油吗？能不能打出石油？"

"有人说很久以前这里是大海，这是真的吗？这些山、这些树都在海里面，怎么可能呢？"

他们并不想知道答案，只是好奇。我知道答案，并不觉得有趣。但我们有了话题。话题是特效药，能快速消除我们之间的紧张和陌生感。

"三亿年前是大海，三亿年以后呢，会是什么样子？"

"段老者，你想得太远了哟，三天之后都不知道哪个是哪个。"说着他从火堆下面拨出两个红薯，焦香，对我说，"你看你，要来不兴早点来，我只烧了两个"。

"你们吃你们吃。"我急忙说。

姓段的老伯掏出烟盒烟杆，"给他吧，我吃烟"。

平时看到烤红薯很少馋。可在弥漫着草木香和泥腥味的树林里，这两个红薯的奇异香味超凡脱俗。我悄悄把口水咽了下去，大蒜则丢人地把口水淌了出来。我准备带大蒜离开，老人指着红薯说："我也不想吃，拿去，你和你的狗一人一个。"

大蒜听懂了，抬起前脚连连作揖，两个老头笑出泪花，他们没见过这么聪明乖巧的狗。

整个秋天我都和他们待在一起，他们有时三个人，有时四个人，最多五个人。有时只有我一个人。第一次见到的两位，一位名叫段成高，年纪最大，八十三岁；另一位叫苏品正，七十八岁。后来见到的三位是方富瑞、周南生、李作成。方富瑞七十五岁，周南生和李作成七十六岁。

苏品正喜欢酒，每次都要给我倒一杯。"劝人吃酒心中有意，劝人出钱钝刀割肉。又不要你的钱，哈哈，喝吧。"

纪念日

　　我给老人们买了台卡式炉，可以在木屋里烧水泡茶，煮土豆煮玉米。卡式炉不冒烟，不会惹来护林员。我不在他们就不用，也不想学。他们排斥一切新奇的东西。只有周南生一个人用手机。他用拇指拨号，每拨一个号都要咬一下牙，仿佛那些号码不是数字，而是吸过他血的虱子，他嘴唇跳动，像在说"掐死你，掐死你"。接电话时生撞撞日古古，就像电话另一头的人不是坏蛋就是仇人。其实大多是他家里人叫他吃饭，或者儿女问他在哪里，要他按时吃药。段成高和苏品正说自己连座机都不会用。他们对电器不但拒绝还感到恐慌，既担心漏电也怕碰坏了讨人嫌。

　　他们不爱说话，也不去冥想，像木头一样或坐或站，偶尔说一句什么，其他人听见后有可能回应，也有可能没听见似的不予理睬。直到我得知他们和救护总队的渊源，聊起当年，他们才像换上新电池的老收音机，吱吱嘎嘎开始播音。

　　一九三八年底，中国红十字救援总队从长沙迁到贵阳。

　　贵阳是山城，贯城河两岸的木瓦房鱼鳞似的一层盖一层。现在突然涌入几十万人，顿时像被灌满鱼的小鱼塘，到处是人。有流民，有军队，有办事处。图云关在城外，适合大型机构驻扎。和红十字救护总队一起迁到图云关的，还有陆军野战医院。密林之间繁华一时，车来车往川流不息。救护总队和陆军医院几百台车辆在前线和后方穿梭，运伤员、运物资、接送医务人员。

图云关在贵阳南郊，当时前线也全在南方。救护总队和陆军医院的车辆不经过城区，住在城区的人很少知道图云关发生了什么。只有粮店、布店、油榨房、邮局和政府机构不多的几十个人跟图云关上的单位有来往。

早在明末清初，离南明河不到半里地有一条小街叫九架炉巷，街上全是铁匠铺。救护总队和后方医院来到图云关后，九架炉巷的铁匠为他们打造过医用床铺和输液架。又过了若干年，铁匠铺成立铁匠合作社，继而扩建升级成为南明区医疗设备二厂。李作成是设备二厂老员工，方富瑞则放了一辈子电影。年轻时，两人一个是铁匠铺学徒，一个是铁匠铺继承人。李作成是方富瑞父亲的徒弟，方富瑞则在达德学校念书。两人不像老朋友或老同事，更像是相处了至少半个世纪的"老夫妻"，什么客气也不讲，一点不给对方面子。遇到身体有状况不用开口，凭气息就知道应该倒水还是递药，默默无声的关怀胜过任何言语。

小木屋已有十年屋龄。一九九四年，一块威力相当于六万亿吨炸药的彗星碎片撞向木星，在木星上留下一条疤痕，这条疤痕比地球直径还长。据说因为距离太远，对地球没产生任何影响。方富瑞的家人不知道彗星撞木星，只知道方富瑞这一年脾气特别怪，动不动就发火。如果他们知道彗星撞木星，大概就会怪罪到彗星头上。

没任何道理嘛，没人说他不是，更没把好吃的藏起来不给他吃，他却负气跑到图云关，找了两天才找到。他平时爱到图云关挖麦冬和天冬，家里人将图云关森林公园作为重点寻找对象，他躲在后来搭小木屋的地方，听见他们的喊声也不答应。李作成来到山上一阵骂，才把他骂出来。

离家出走不叫上他，这是对老朋友最大的背叛，必须声讨。"方富瑞，你狗日的一个人跑出来，你厮儿好意思。"

方富瑞一向答非所问："麦冬和天冬都被我们挖绝了。"

李作成越想越生气："你撞鬼了吗，躲在山上干什么？"

"没意思，不挖了，再也不挖。"

平时他们都是一起挖麦冬、天冬，晾干后一起卖到中药店。这不完全是为了锻炼身体，或者图山上空气好，而是因为退休金太少，两人又还爬得动，可以多少赚几个小钱。

儿子不准方富瑞挖，担心他摔着碰着，毕竟六十出头了。话说得难听："你挖那点药材能卖几个钱，摔倒了医药费都不够。"

方富瑞生气说再也不挖，不挖也往山上跑。森林不但庇护动物，也庇护老人，尤其是孤独的老人，于是他们搭了个小木屋。

段成高说："这是金銮殿，比住在家里舒服。"

李作成说："搭小了，刚搭的时候两个人，不大不小正适合。加上他们三个就太小了，一直想重新搭，又不想动弹。"

"没必要，又不是天天来，总有人有事来不了。"

"关键是，"方富瑞说，"重新搭有可能失去味道 。"

"什么味道？"

"不要和我杠，味道就是味道。老鸟睡老窝，新窝睡不着。"

"是树林的味道，草木的味道。"段成高说，"我在家怎么也睡不着，吃了安眠药也睡不着，哪晓得一到树林里，坐着都能睡。"

"自从来到小木屋，他再也没失眠过。"

"这倒是真的。"段成高笑着说。

"你们怎么认识的呢？"我问。

"在树林里拱来拱去碰到了，就认识了，和你一样。"苏品正说。

"别听他眉毛胡子一把抓。"李作成说，"段老者是来挖刺黄连认识的，苏品正是来捡菌子。"

"还有一个呢？"

"周南生吗？他有点蹊跷。他有个哥哥，在战场上死掉了。有一天，他哥托梦给他，说他曾将一支木头手枪挂在树上，求周南生找出来捎给他。周南生在图云关找了好几天，没找到手枪，把我们找到了。"

"关键不在这里，"方富瑞说，他说什么都喜欢以"关键"一词开头，"关键是我们都在救护总队干过活儿，这是我们最熟悉的地方，是我们的老家，死了也想埋在这里。"

五个人都钻进小木屋，给人装不下即刻就要挤爆的感觉。如果把我和大蒜塞进去，无异于往满满一瓶可乐里加薄荷糖。但二〇〇七年重阳节，他们却一致邀请我腊月十三上来。重阳节后下个节气是霜降，天气越来越冷，他们要到第二年立夏左右才上来。整个冬天都不来小木屋，但腊月十三这天必须来。

他们邀请我到小木屋相聚的时间是二〇〇八年一月二十日，星期天，农历腊月十三，是救护总队进驻贵阳图云关的纪念日。

一九三九年的二月一日，农历是腊月十三。他们对这个日子没有争执，对其他事情的记忆却不时出现偏差，并且谁也说服不了谁。年轻时的脑海又浅又清澈，任何一条鱼游进去都可留下痕迹。

最让我难忘的是周南生讲故事时的表情，而不是故事本身。如果表情能以重量计，大概有 0.2 克不以为然、0.1 克不服、0.3 克内疚、0.3 克思念、0.1 克恍惚，总重量 1 克。并非一成不变，不但轻重在变，顺序也变。他像喝了这些表情煎成的汤药，层次丰富，苦涩难支却又非喝不可。

周南生当时和大哥在图云关抬担架，将战地医院送来的伤员抬进病房，把医治无效的逝者抬到山上掩埋，偶尔还要抬滑竿送人进城。一九四一年，周南生才十五岁，家里人多地少，他不得不出来干活儿。这年下半年，中日第二次长沙会战，日军在常德投下鼠疫细菌弹，经前线医院抢救过来需要进一步治疗的伤员陡然增加。主要是高级指挥官，普通士兵受伤太多，没办法全都送到后方，只能就地医治。

周南生的大哥十七岁，从小喜欢枪，自己用木头做了支手枪，墨汁染黑，以牛马市场捡到的马鞭做枪带。整天挂在肩上，抬担架时也不放下，走动中，木头枪一跳一跳地拍打着臀部。没有这一下一下拍打走不动似的。不干活儿时举起木头枪瞄树，瞄飞鸟，瞄狗瞄猫瞄鸡鸭，子弹从嘴里射出"叭"。邻居觉得他可笑，父母担心他憨。别人在这个年纪已娶妻生子，木头枪只能十岁以下的娃娃玩。家里穷，娶亲本来就困难，人又这么不知事，哪个人家敢把姑娘许给他。邻居说："那不是睁眼跳崖吗？"

到图云关接受治疗的指挥官都有枪，挂在床头或墙上，周南生的大哥每次看见都啧啧称赞："像树疙兜一样漂亮。"

他们平时不下山，和其他民工住在中山园后面的木房子里，兄弟俩睡一张床。这天其他人都睡着后，大哥抠周南生脚板心。他正要踢大哥，大哥紧紧捏他的脚，问他要不要看一样东西。

"什么东西？"

"爬过来。"

爬到大哥这头，闻到一股难闻的口臭。晚饭吃的是干豆豉炒油渣、糟辣椒拌白萝卜，被胃液浸泡后冲出的气味会熏得人晕头转向。大哥把他的手拉到枕头底下。他摸到了——一支真枪，大哥的口臭立即被抛到九霄云外。

大哥得意地说："我想试它一家伙。"

"会把大家都吓醒。"

"我又没说在这里试。穿鞋！"

周南生大哥把枪包在衣服里，两兄弟穿过中山园，绕过"雲程第一"石刻往山上爬。

气喘匀后，周南生问："你偷人家的枪？"

"不是偷，是借出来玩一下，明天一早就还。"

"有子弹吗？"

"哪个晓得，又不能打开看。"

绕到山背后，北面山下是水井湾，南面山脊一直通到龙里县。山脊很难走，他们走砍柴人开辟的小路。

"可以了，就在这里。"走到一个山湾里，大哥停了下来。

"他们听得见不哦？"周南生指的是山下农户。

"听见就听见，听见也不晓得是什么。比放屁响不了多少，这是手枪，不是大炮。让开点，我要开枪了。"

他举起枪，对准一棵大樟树，连扣三下扳机。

"噫！扣不动。"

兄弟俩坐下来。周南生问是不是没子弹。大哥不理他，低头鼓捣。周南生又一次闻到大哥的口臭，正要说比臭脚还臭，"砰"的一声，他感到脚被掀开，以为自己中弹马上就要死掉。大哥也吓蒙了，手枪掉在地上。周南生哭起来，"我要死了我要死了"。大哥问打到哪里，出血没有，边问边摸。周南生说："我不晓得呀我不晓得。"摸了一阵没摸到血，周南生还在哭。大哥说："你死不了，要死的人不会哭。"周南生也觉得奇怪，感觉小腿被拍了一巴掌，一点也不痛。自己摸了摸，好好的。大哥又摸了一阵，摸到他裤子上有个洞，子弹从周南生脚下钻进了泥土。

大哥开始笑，笑得全身发抖，笑到最后说："你狗日的运气好。"

周南生说："我走了，不和你玩了，一点也不好玩。"

"不准说出去，不然我揍你。"

周南生从此听不得一切高昂短促的声音，爆竹、打枪、放炮，一听见就会尿裤子。爆竹连串响没事，听不得单个炸响。他一个人从森林深处回到中山园，裤子已经湿透。

打　架

救护总队来到贵阳没多久，总队长林可胜从文通书局请国文老师给援华医务人员上中文课，不识字的中国人也可以去听课，他自己也去学习。林队长生在新加坡，八岁去英国读书，毕业于英国爱丁堡大学，回国前不会说汉语。父亲林文庆曾任厦门大学校长，告诉他不认识汉字不要紧，知道自己祖上来自中国就行。林可胜告诉国际救援总队的医生，要想认识中国人，最好的办法是认识汉字，那些汉字是一张张中国人的脸，极具个性。在图云关干活儿的民工远不如外国人积极，他们一听课就打瞌睡。写字特别费劲，用铅笔远不如用扁担和筷子灵活。其实是丧失了学习能力，他们却怪罪体力活儿太累。

周南生和大哥也没兴趣。大哥不感兴趣是因为坐不住，觉得枯燥。周南生不感兴趣则是因为没主见，是大哥的跟屁虫。大哥自己不学，想叫他去学，他因此怪大哥不带他玩。大哥说："算了，不识字死不了人。"

图云关的民工大多来自水井湾、纱帽山和汤粑关，既不会做生意也不会手艺的人才来干体力活儿，以年轻人和中年人为主。周南生家住农业路高石坎。农业路是一条小马路，两轮马车可勉强通行。高石坎只有三户人家，租土地种水稻、种小麦，也种青椒和蔬菜。

大哥不喜欢锄头钉耙，周南生也跟着不喜欢；大哥厌恶种庄稼，周南生也厌恶种庄稼。他们的理想是去油榨街或者老城区当伙计。

日本侵华战争全面爆发后，不少机构和企业，还有达官贵人及家眷，为避战祸迁来贵阳，繁盛景象超过以往，伙计一时供不应求。不过需要伙计的机构供吃不供住。突然涌入那么多外地人，房屋本来就紧张，有钱都难以求租，提供住宿实在难以办到。得知救护总队供吃供住，周南生的父亲毫不犹豫让他们到图云关干活儿。

多数民工见到知识分子都会自惭形秽，言谈举止、穿着打扮都不如人家，无形中矮了半截。林队长一再说工作不分贵贱，都是为抗战出力。在民工看来这不过是客气话。周南生也一样，总觉得他们身上有一种光芒，让人抬不起头来。大哥则不然，大大咧咧，木头手枪挂在屁股上都不怕，何况烂衣服和臭汗。他有过至少念到高小毕业的上学机会。当时油榨街新办国立小学招生，第一届不收学费。他才六岁，从高石坎步行一个小时去学校，路上农户养的狗又凶又多，他被咬过一次后打死也不去上学。轮到周南生上学，家里交不起学费了，他一天学堂也没去过。村里大多数孩子都不上学，兄弟俩不上，没人觉得奇怪。和没读过书或读书不多的人在一起，像鱼在鱼群里一样自在；和读过书的人在一起，像吃酒席坐错位置一样尴尬。当高田宣问他们为何不去教室，周南生的大哥有种被揭短的尴尬和怨愤。

　　高田宜是来自英国的女医生，毕业于伦敦医学院，原名巴巴拉·柯纳（Barbara Courner），来到中国后请人给她取了个中文名字。和不敢抬头看人的本地姑娘大不相同，高田宜性格开朗，不管男女老少都敢正面相迎，赞成一声"OK"，不赞成一连串"NO"；好笑哈哈大笑，不好笑下嘴唇向上一抬，上嘴唇往里一缩，同时快步走开。如果其他人是图云关上的松树，她则是开满鸽子花的珙桐。松树要成片才好看，珙桐只要一棵就可成为一片森林中的焦点。

　　上课时间已到，周南生和大哥坐在路坎上吃生瓜子，拿着他们在水井湾顺手牵羊撅来的葵花朵。一人一饼，看哪个吃得快。周南生大哥有个绝活儿，瓜子丢进嘴里后不用马上吐皮，攒在腮帮里，积到几十颗后再"噗"的一声全部吐飞出来。

　　高田宜在教室里见过他们，她用拗口的汉语问："你们——怎么——不去——上课？"

　　周南生大哥将瓜子皮飞出五尺远，愣眼回答："多管闲事，你这个洋婆娘。"

　　把还没成亲的姑娘叫"婆娘"，这是一种羞辱，有可能出人命。高田宜来中国还不到一年，不懂"洋婆娘"的含义。她搞清楚后不但没生气，反而哈哈大笑。她没成亲，一点也不介意被叫做"婆娘"。她养了一条黄毛狗，只养土狗的人不知道它是一只拉布拉多。大家都说她是它妈。这在本地姑娘这里，是种侮辱，非得要跳水跳崖。她却像傻姑娘一样："我当然是它妈，我不是它妈谁是它妈。"

　　几个月后，也就是一九四二年三月，日军再次在湖南常德投下鼠疫细菌弹，救护总队立即筹备医疗队奔赴驰援，高田宜自告奋勇报名参加。医疗队成员需注射疫苗。巴巴拉正患感冒，注射后没多久药性发作，几十位同行眼睁睁看着她去世。

桃花、李花、杏花、槐花、梨花、樱花、玉兰花、木棉花正在竞相开放，一个年轻的姑娘却再也看不到它们。图云关上黄莺、画眉、杜鹃、百灵鸟叫得那么欢，这个远涉重洋来到云贵高原的医生再也听不到鸟儿的欢叫。拉布拉多在院子里玩松果，它不知道再也见不到"妈妈"。请高田宜看过病的当地人叫她"高医生"，从现在起，他们再也见不到和蔼可亲的高医生了。

周南生大哥在中山园抱着柏树放声大哭，他从没讨厌过这个"洋婆娘"，只是觉得自己和她有距离，对她有所敬畏，其实心里非常喜欢她，把她当成不可靠近不可亵渎的观音菩萨。他把木头枪掷向山下树林，发誓从此决不摸假枪，他要用真枪消灭丢细菌弹的人，见到就杀，杀死一个赚一个，杀死两个赚一双。

医疗队开拔在即，救护总队为高田宜举行简单葬礼，军方代表在葬礼上强烈谴责日军，同时进行征兵宣讲，呼吁同胞团结起来一致抗日。周南生大哥第一个响应，葬礼结束后，他回家向爹娘告别立即参军。他并没喊出来，只悄悄说给兄弟听。周南生一看就知道这比喊出来还要坚决。他也暗下决心：我也去，我和你一起去。

救护队尊重当地风俗，下葬在清早举行。下葬不叫下葬，叫上山。

高田宜上山后，周南生的大哥下山。平时回家，他从水井湾后面崖壁梭下去，眨个眼睛就到家。这天他走大马路。大马路铺石子，要拐十三个弯才到坡脚。平时很少走大路，今天必须走。这是一种成人仪式，壮士一去不复返。

周南生说要去，被他打了一耳光。他走到第二个弯时回头看了看弟弟，捏紧着拳头。

周南生没看见大哥的拳头，以为他同意了，笑着跑下去，看到拳头已经来不及了。多亏他下意识地躲闪摔到地上，否则那一拳非打在他脸上不可。

"小厮儿，我给你说过了，你不能去。"大哥骑到他身上，噼啪抽他耳光，"你不听话你不听话。"

周南生一口咬在大哥手腕上，低声吼叫："老子不要你管，老子不要你管。"

大哥抓起他领子提起来给了一拳，"敢给我充老子，老子今天打死你"。

这一拳打在胸脯上，周南生顿时感到喘不过气来。缓过来后还了一拳，打在大哥胳肢窝下。距离太短使不上劲，感觉打得并不重，却听见大哥喉咙抽气似的"哽"了一声，一屁股坐在地上。周南生爬起来，准备挥拳再打。

大哥低着头，气喘匀后哭了起来。"我们家只能去一个，你不晓得吗？我死了不要紧，我们两个都死了，爹妈死了哪个埋？你能指望那几个小屁孩吗？他们还没长大，你还要帮爹妈养活他们。"

周南生从没想过这个问题，没想过爹妈会死。至于埋，似乎不是个问题，埋难道比死还难吗？

"没成家之前，干活儿赚的钱要交给爹，你不要乱花。"

抬担架的工钱由大哥支领，他从没给自己留过零花钱。

大哥交代完后，站起来拍了拍灰，往坡下走。快要走出视野，周南生喊住他："大哥，你不要死。"

大哥没理他，头也不回。

周南生说，那一刻他就知道，大哥肯定会死。

"拦又拦不住，只能看着他去死。"

打　劫

二〇〇八年一月二十日，不知道有多少人还记得当时发生的事情。从一月三日开始，雪灾在南方暴发，有的地方持续了四十余天。低温、雨雪等极端天气导致上百人死亡，房屋倒塌五十余万栋，农作物绝收两千多万亩。电缆电塔被雪凌压断压倒，造成大面积停电和通讯中断。平时不为人知的地名在媒体上反复出现：安徽岳西、霍山，江西南丰，湖北十堰、孝感，湖南郴州、攸县，广西灌阳、兴安、临桂，重庆黔江、巫溪，贵州雷山、江口、印江。人容易忘记灾难，不是灾难不够大，而是觉得灾难离自己还很远。

我必须去图云关，腊月十三到了。出租车开到油榨街桥下掉头，司机得知我上图云关，同情地说："怕是上不去哟，路像刷了桐油一样滑。"

山脚住户在公路上铺煤灰，大蒜没见过，捡烧焦的煤核吃，像吃硬脆饼一样咔嚓响。吼和踢都没用，只好由它吃。见它吃得那么香，我都想吃。

离开山脚，路上不再有煤灰，我把准备好的旧袜子绑在鞋子上，路中间冰太厚，袜子增加的摩擦不足以让人站稳。我只能走边沟，踩枯草，非常小心，四十分钟才走到水井湾烟酒店。烟酒店没人，不但冷，还停水停电，关门歇业是最好的选择。

崖畔上的树因为承受不住凌冻的重量拦腰折断，庄稼地上空的电线原本只有筷子头那么粗，冰凌层层包裹后，已有擀面杖粗。有的电线被拉断，有的像露水浸湿的蛛丝一样下垂，仿佛连一只麻雀甚至一只蚊子的重量都承受不住。

大蒜一点也不激动，早已忘记我们当初在这里相遇。除了第一次上图云关是步行，后来都坐车。坐在车里，坡度似乎没那么陡，树也没那么高。当我来到半山腰，站在最陡的地段时，路旁的树变了，悬崖也变了。因为寒冷，它们变得不可接近。这时身上泛起一阵害怕的感觉。海拔越高冰层越厚，我已经摔了两次。"摔倒时不痛，爬起来才痛"原本用来形容人生境遇，而我体会到的是这句话的本义。爬起来后，膝盖像被榔头敲过一样痛，手掌搓破皮，火辣辣地痛。这还不是最重要的，最重要的是意识到今天的行动欠考虑，天气这么糟糕，路这么滑，他们会不会来？他们不来，我一个人爬上去干什么？老人们都七八十岁了，家人不可能让他们出门。我有周南生手机号，拨打了两次，都提示已关机。爬上去他们不在小木屋，岂不是自讨苦吃？可他们都去了我不去，不但显得不够义气，还会因言而无信让人看不起，自己亦会久久不安。和他们交往的时间越长，越被他们的天真和坦诚吸引，这份单纯在同龄人中很难找到。

背心汗湿，站着不动一会儿就冷得发抖。

犹豫不会让人更累，但会让人身体发软。大蒜往上跑一阵再倒回来。它也打滑，和人比起来那不叫滑，是脚下一闪，可及时稳住。山坡上的冰面因为石子和枯草凸起，这点小凸起对笨拙的大脚板意义不大，只有锋利的爪子才可利用。贵阳这种地方，并不是每年都能见到凌冻和大雪，本地人对此认知严重不足。往年两三天就消融成水，二〇〇八年却长达四十多天才化。当时我突然四肢着地，呼呼往下滑。要是把身体整个贴下去，肯定滑不了那么远，我的第一个动作却是抬起头来，嘴像求食的乌龟一样往天上翘，结果一滑到底。幸好没人看见我的狼狈样，否则会笑得满地打滚。

在地质队跑野外时爬过悬崖、探索过溶洞、钻过密林，从没遇到过危险，我们一到冬天就移到室内整理资料，冬天很少搞野外作业。这是古老的传统，没必要反其道而行之，因此很安全。

我还没来得及站起来，大蒜已从坡上梭下来。它四肢伸开往下滑，中间还打了个旋。它嗅了嗅我的头，叫了起来，还去咬我的衣服，想把我拉起来。我虽然滑了那么远，并没受伤，膝盖和手肘的痛是前一次摔倒产生的痛感还没消失。

"大蒜，我们回去吧。"我坐在地上，和大蒜一样高。

它忧郁地看着我，仰起头叫了两声。

"你不同意吗？我爬不上去呀。"

它安静地看着我，似在说："你怎么能这样？"不过也像在说："这不关我的事，你自己决定。"

我爬起来，大蒜咬着挎包往后退。开始我以为它想吃东西。包里有狗粮，也有给五位老人准备的软糖和蛋糕。我很快就明白，它不是为了吃。我把包从肩上取下来挂在它脖子上，牵着带子，它奋力往坡上爬，我们一起摔倒过几次，它一直爬到关卡下面的小街才停下来，舌头伸到最长，嘴里喷着白气。

小街关门闭户。天地不仁，哈口冷气就让人门都不敢出。

我以为爬上山坳后万事大吉，未曾想山上的冰更厚，好在坡度不大，还可从树林里穿行。落叶上没有结冰，是四季常青的松树像一把大伞遮住了冰雪。

走到"雲程第一"摩崖石刻下面，一群猴子拦住去路，继而发现两边石头上全是猴子。猴子以前就有，活动范围在前面山丘上，即便遇到，也从不主动攻击人。今天它们的表情不一样，凶悍，决不退缩。流民变成抢匪也是这副表情吧。凌冻太大，它们早就饿得不顾一切。我把挎包打开，把食物拿出来，包括狗粮。苏品正后来告诉我，这是一个错误的决定："你走你的，它们不会管你。看见有吃的可就不一样了。"我既出于惧怕，也出于同情，可我还没完全拿出来，几只大猴一拥而上，抢走了所有东西，连包也想要。整个过程不到一分钟，我身上多处被抓伤，还隔着衣服被咬了一口，大蒜为了保护我，脸被撕破一条口子。"真他妈的。"我骂它们，但并不恨它们。

我没法立即给大蒜处理伤口，只有到了小木屋再想办法。我不知道具体的办法是什么，相信老人们一定知道。林中小路不滑，但小树枝和荆棘打在手上很难受，抽打在大蒜的伤口上，它一定更难受。有时听见它呜呜抱屈，有时愤怒地汪汪叫。我很难受也很着急，只能在心里默念对不起。

小木屋没人。我心里顿时凉了半截。隐约记得柴胡和松树韧皮是一味药，就近找到几株柴胡，这些柴胡只剩十几片老叶。嚼碎后给大蒜敷上。它轻轻动一下药就掉到了地上。我想撕衣服，撕不动。还好找到苏品正挖竹根的镰刀，用它割下一只棉毛衫袖子。削开小松树，树还没上水，无法启下韧皮，勉强刮削一点。药效不敢说，心想有总比没有好。用刀背把树皮敲碎后，以袖子当绷带交叉包扎，大蒜顿时像一个准备赶车的小老头，让人既心疼又好笑。

以前，我对猴子颇有好感。有一次喝醉了，老主编说我可以当个好编辑，但做不了好作家。我承认他说得有道理，我确实写得不够好，但心里不服。每天阅读的稿子大半以上是垃圾，能推荐给他的极少，回信不用还得审慎，小心翼翼，以免引起作者不满。我不是那种敢于骂阵的人，害怕被挑衅。有次一个人来到山上喝了整整一瓶白酒，丢瓶子时看见一只落单的小猴子，其他猴子都有吃的，就它没有，抢不过人家。刹那间，我觉得它就是我，我就是它，眼泪一下流了出来。喝醉的人不怕别人笑话，我至少哭了半小时。不出声，任由眼泪横流。

没料到今天遇见的猴子这么凶，居然敢咬人。猴子也分好坏吧？不过有可能，小猴子已经长大，今天也参与了对我和大蒜的抢劫。这么一想，顿时觉得很多事情没有意义。

我把大蒜带进屋，里面暖和些，告诉它休息一会儿就回家。这时大蒜汪汪地叫了起来。如果猴子敢来小木屋，我可不客气。小木屋里有一根棍子，是乒乓球直径粗的山茶木。山茶木极硬，木质很细，苏品正一直想用它做个什么把件，却一直没想好怎么做。

小木屋外唰啦响。我叫大蒜卧倒才去开门。

是苏品正，山茶木的主人，他边走边用拄路杖拍打树枝。他的拄路杖是一根丈余长的竹竿，他用它拍打树梢上的冰凌，让即将断掉的树梢重新抬起头来。密林里的小树先要长高才能长大，纤细的枝干很容易被冰雪摧毁。

"叔，带酒没？"

"带了，这么早就要喝酒？"

我忙叫他把酒给我。是他自己从黔春酒厂买的散酒，125毫升葡萄糖玻璃瓶装，只有二两。给大蒜消完毒了他才进来，从屋角掏出一个军用水壶，把剩下的酒全部倒进去。

"他们只准我带二两，我得每次都存一点。"

"我下次还给你，还十斤。"

"不稀罕，我多的是酒。"

他拨开屋角茅草。我一直以为茅草是用来塞风洞的，哪知茅草下面是一个土坑，坑里全是酒瓶。他为自己的狡猾感到得意："积少成多。"

"你这叫老鼠搬家。"

"今天喝老酒，今年上半年的高粱酒。"

"才放半年也叫老酒。我以为你们不会来。"

"你娃把我们当漏锣了，以为漏锣敲不响。告诉你，棒槌一敲，声音仍然往地下钻。"

我让他把鞋子举起给我看。他的鞋子外面装了个马鞍状的防滑套，用筷子粗细的钢筋弯成两个"n"形，下面方框四角焊了四颗扁平头铆钉，两个"n"形上的布条可松可紧。

"你有武器，我没有，我摔得鼻青脸肿。"

"哈，这是李作成给我们做的防滑蹄，一人一个。"

"以前遇到过冰冻吗？"

"遇到过，没这么厚。你不要难过，他给我们做防滑蹄时还不认识你。李作成给方富瑞他爹当徒弟，最先学的是打马掌——早些年间，九架炉巷的铁匠最拿手的是打马掌，做其他铁器是后来的事。"

"为什么叫蹄不叫掌？"

"马掌是圆的呀！你看，猪蹄狗蹄一样，四瓣。"

"李叔手艺好。"

"他不光手艺好，心也好。若不是他，方富瑞有几年怕是活不出来。"

九架炉巷几十家铁匠铺，早些年地位相差不多，和生意人没法比，却又比稻香路那些雇农、自耕农好得多，不用担心水灾旱灾。蔡锷北伐时，一个军官来到九架炉巷，自带一块钢锭，请铁匠打造三把指挥刀，不给钱，报酬以剩下钢锭相抵。贵阳有两条铁匠街，九架炉巷在城外，从明末清初打造兵器过渡到打造所有铁器；另外一条在老城区北门桥附近，贵阳还叫顺元城时就有，只打造平民百姓生活用具，兵器不许碰，否则抄斩全家。北门桥铁匠不接这活儿是对兵器之类天生忌惮。九架炉巷铁匠不愿接则是嫌报酬太低活儿又不好干。他们认得这是产自印度的乌兹钢锭，极其不好打造。方富瑞的祖父接下这个活儿，不是喜欢剩下的钢锭，而是看出对方有来头。军官取刀时给他一张字条，方富瑞的祖父凭字条找到这人，原来是汉阳铁厂西南经办人员。汉阳铁厂产品不卖给小用户，方富瑞的祖父在他关照下购进钢锭分销给其他铁匠铺。几年后，方家"方打铁"铁匠铺脱颖而出，在九架炉巷鹤立鸡群。方富瑞也因此不用像其他铁匠的儿子拉风箱打二锤，而是去达德学校上学。

李作成和方富瑞相识时只有十岁，心思不重，同桌吃饭，同换新衣新鞋。李作成把师父当父亲，方富瑞把李作成当亲哥。方富瑞和真正的富家子弟不同，回家也得干活儿。李作成比他大一岁，干什么活儿方富瑞听李作成指挥，淘气事李作成听方富瑞指挥，两个一度被当成"九架炉巷两恶少"。

后来方富瑞上了大学，还没毕业就下放到西北，一去十九年，回到热火朝天的贵阳后，不知道叫他干什么好，他在大学里学的是光学工程，街道办主任想了想，就叫他去放电影。主任说电影最重要的不是故事，而是光，没有光屏幕只是一块白布，有了光才看得见喜怒哀乐。于是方富瑞放了一辈子电影。在小木屋重聚后，他一个人能把一部老电影从头至尾，包括台词、配音、歌曲，用嘴播给大家听。我听过一次，比看原片还过瘾。他不叫播电影，叫学电影。什么时候学全凭心情。我不懂这门道，得知他有这功夫，请他学一个。他不客气地说："学你大爷的脑壳。"

他是五个老人中最不好相处的一个，有时一声不吭，有时莫名其妙地飙一段英语，但无论他做什么你又不得不原谅他，你会从他的悲伤和平静中感觉到一种罪过。就像你一个人站在山坡上看着落日，除了美还有油然而生的惆怅。他绝望般的咆哮是那么无助。五个老人中方富瑞年纪最小，却又只有他的一生才叫饱经沧桑，举止既像农夫一样粗俗，也像文人一样优雅。

和苏品正聊了一会儿，没有第二个人上来。除了聊方富瑞，还聊到周南生的大哥。他大哥没去广西，所在部队属第九战区五十八军，一九四二年九月参加浙赣会战，在遂昌牺牲。

我从电影里战士牺牲的画面跳到还没来小木屋的几个人。不来就不来吧，我不会把他们当成"漏锣"，天冷地滑，不来也好。我脑海里浮现出他们摔倒的情景，恰在这时大蒜抬起头看了我一眼，我更加不安。天上稀疏地落起雪米。我说："要是有他们的电话就好了，还能打个电话问下出门没有。"

我问他们要过家里座机号，都不给，说记不得。不是不想给，是真记不得。

苏品正说："用不着。"

"我是担心。"

"用不着担心。你吃过麂子肉吗？"

"没有。"

"那年我在山上放羊，捷克斯洛伐克医生柯理格来帮我打豹子。豹子没打到，打到一只麂子。柯医生是个神枪手。走，我们去接段老者。"

"去哪里接？"

"跟我走就行了。"

我本想把大蒜关在木屋里，以免行走时拉扯伤口，它又叫又跳，只好带上它。大蒜知道自己找草药吃，这是从祖先那里继承来的，它对山野的了解远远超过人类。我认识的植物有几十种，记得它们的形貌，却并不完全了解它们的气味和物性。

大蒜一出门就朝苏品正跑，穿荆棘、拱杂草、走直线，林中小路时有时无，我只能循迹摸索。苏品正的背影像个执拗的老猎人，你若跟不上，他不会等你。我叫他慢点，他文不对题地说："我十一岁就在图云关放羊。"

挤　奶

住在郊区的人不喜欢吃羊肉，闻不惯膻味。不是因为娇气，而是因为穷。猪的出肉率在七到八成，而羊的出肉率只有四到五成，所以羊被认为是用处极小的家畜。"养牛得犁，养马得骑，养羊膝盖磕破皮。"用处小还很难养。救援总队来到图云关后想买羊，当地人说没人养羊。他们不信，走访了贵筑县两个乡，只买得二十只羊，其中十三只来自苏品正家。放羊的少年正是苏品正。

苏品正祖上是蒙古人，忽必烈灭南宋时一路打到隶属湖广中书省的顺元城，在顺元城住了百余年。朱明大军横扫华夏，苏品正祖上吓得连滚带爬，把家搬到白家山。白家山在贵阳城东南，离老城区十余里，离图云关只有三里，可当年这就算隐居深山，只要不问世事即可安然无虞。

救援队请苏品正给他们放羊，给工钱。父母很是欢喜，家里多了一笔稳定收入，虽不高，比卖鸡蛋鸭蛋强得多。苏品正也高兴，从小就放羊，报酬是过年一件新衣服，能按月向家里交钱，他非常骄傲。

在图云关放羊并不容易，山上有豹子，苏品正只有一支父亲帮忙做的火把。父亲剐下干透的柏树皮，捶打出绒，以青篾束扎成拳头粗，三尺长。火把可连续阴燃七八个小时。一旦感觉豹子靠近，苏品正就甩动火把，把浅浅的火苗从火把里放出来。

苏品正知道自己是蒙古族，从来不说，这是白家山始祖定下的规矩。母系这边，有时是汉族，有时是苗族。他们的生活习惯已经完全汉化，生活习惯和风俗与汉族没什么不同。当他发现救援总队养羊不是为了吃羊肉，而是为了挤奶，他非常震惊。在他接受的教育中，没听说过人可以喝动物的奶。当柯理格医生来羊圈挤羊奶，还要他帮忙时，他羞愤交加。这些羊从没被人挤过奶，极不配合。苏品正不但不帮忙，还想让母羊躲开柯医生那双毛茸茸的大手。柯医生说，他奶奶教他挤过奶，老家波希米亚山羊肥硕，奶水足，不过他十五岁离开家后再也没挤过奶。老家和图云关很像，森林茂密，山峦环绕。柯医生既是说给羊听，也说给苏品正听。羊似乎还好，在柯医生的安抚下渐渐安静下来。苏品正的脑子则嗡嗡响，每当柯医生的大手伸向母羊涨鼓鼓的乳房，他脑子嗡的一声，同时浑身发软。柯医生好不容易挤得两小勺，递给苏品正，以便再挤另外一只。苏品正的手伸出一半，发现搪瓷缸上有奶，像怕蛇咬似的突然一缩，搪瓷缸掉下去。雪白的羊奶让他情不自禁地想到姑娘的乳房甚至她们的身体，平时听到只言片语，既好奇又难为情。羊奶从那个地方出来，想象力以物质化呈现。他手足无措，表情严肃又无奈，刹那间变成一张成人的脸。

"你怎么了？"柯医生的汉语远不如他的双手灵活，他不敢肯定苏品正是注意力不集中还是故意倒掉羊奶，只知道这是一个认真放羊的男孩。

苏品正不敢看柯医生，刹那间拿起多年不用的武器，像小无赖一样"哭为上策"。

"你怎么哭了？哭什么呀？"

柯医生百思不得其解，捡起搪瓷缸，舔了舔口沿，然后叫苏品正张嘴，准备把最后几滴羊奶倒给他。苏品正没张嘴，一滴羊奶滴到他脸上，他终于忍无可忍，冲柯医生喊出他认为最强烈的两个字："流氓。"

柯医生仍然没搞懂苏品正对羊奶怎么这么反感，叫来为救护总队接洽本地事务的中方负责人，精通中英文的穆先生。苏品正什么也不说，说不出口。问急了，他又把哭当挡箭牌。穆先生把苏品正带到背避处，告诉他如果什么也不说就不能再放羊，将以他有病为由解雇他。他又说出那两个字："流氓。"这次说得很小声。

柯医生知道原因后笑了，但只笑了两声就再也笑不出来。他带苏品正去病房，让他看躺在床上的病人。有的缺腿有的缺胳膊，有的什么也不缺，身上缠着血糊糊的绷带。柯医生一字一顿地告诉他："他们恢复得很慢，你知道为什么吗？一半以上是因为营养不良。羊奶是最好的营养品，比鸡肉牛肉还好。"

三个月后，苏品正学会了挤羊奶。后来他儿子出生，孙子出生，他都让他们喝羊奶。儿子考上大学，孙子考上博士，他认为不是他们天生聪明，而是因为喝羊奶，越喝越聪明。他对此深信不疑，不容许任何辩驳。他一生的愿望是去一个叫巨人山的地方看看，那是柯理格医生的家乡。别人告诉他太远了，他觉得不是距离远近的问题，是自己不会说捷克语。

苏品正学会挤奶后和柯理格成了最好的朋友。柯医生说苏品正是山羊部队的总司令，山羊也由最初的二十多只逐渐增加到两百多只。苏品正不但养了两条来自苏格兰的牧羊犬，还有一支步枪。带着羊进山前放一枪，先把豹子吓跑。

"豹子再也不敢惹我，估计搬家了。等我再次看到豹子，胡子都白了，在黔灵山的动物园。我觉得它们一看到我就发抖，哈哈。"

柯理格一九四五年离开图云关，从布拉格给苏品正写过两封信。苏品正不识字，但这两封信上的内容他可一字不落背得出来。让儿子孙子当医生，是他对柯理格最长久的怀念。柯理格回国后担任过捷克斯洛伐克卫生部副部长。周南生开苏品正的玩笑："你最好的朋友是个大干部，副部级，你应该去找他，叫他给你个科长局长当当。"苏品正意味深长地说："是呀，我要是有个大哥，不光是当科长局长，当市长都有可能。"他话中有话。周南生大哥牺牲前给家里来信，后悔没听高医生的话学会读写，请父亲一定要让周南生读书。周南生十五岁才开始上小学，中间跳了两次级，读到初中毕业已经二十岁。初中文凭在当时可以当小学教师，也可到合作社工作。他去了德昌祥制药厂，在药厂当会计，一辈子感念大哥写了这封信。苏品正一字不识，救援总队离开图云关后，他回家务农，当过几年生产队长。

摔下马背的骑手

　　小路上的枯叶已经被苏品正掀开，一点也不滑。偶尔摸到树干上的冰，像摸到鼻涕一样让人不爽。山羊最喜欢吃的树叶是桑树叶、构树叶、柞刺叶、楝树叶，图云关森林虽宽，但多是高大乔木，苏品正得带它们去不同的地方才能让他们吃饱，他对山上每条小路都熟悉。

　　"人比动物聪明，这是肯定的。但动物也不笨，特别是为了吃，为了填饱肚子，不聪明也会变聪明。山上有只母豹，被我吓跑过两次。后来看出柏树皮火把伤不了它，胆子旺了起来，硬生生抢走一只小羊。"

　　我踩中一颗松球，想抓旁边水青树没抓住，横倒在地上。

　　苏品正一本正经地说："要走就好好走嘛，还要丈量路的长短。"

　　我不想和他逗趣，因为摔得有点痛。"你不怕吗？豹子不吃人吗？"

　　"哪有不怕的，我嗓子都喊哑了，火把甩得呼呼响，它不慌不忙地把山羊拖着走，我只能站在那里咒骂，根本不敢追。"

他轻松地笑了笑。当年的恐惧和无奈早已消失，即使偶尔在梦中出现也不一定是放羊，而是其他场景。

"我跑回去找柯医生，他拿了支枪和我来到山上，豹子没找到，一只倒霉的麂子路过，柯医生一枪撂倒它，把肉炖给伤员吃，其他人喝骨头汤。"

"原来你也没吃过麂子肉。"

"和躺在床上养伤的人比起来，我宁愿汤都不要喝。从战地医院送回来的伤员，受的伤都重，受伤的原因各不相同，枪伤、烧伤、砍伤、毒气呛伤，有的痛起来，喊叫声老远都听得见。最惨的一个，双腿和一只胳膊被锯掉了。我学会挤奶后，一滴奶都没喝过，你要是闻惯了羊奶的气味，你就特别想尝一口。但只要想想躺在床上的病人，你什么都忍得住。"

这和他成年后的酒瘾有没有关系呢？想问，继而觉得不要问。有些掉进时光里的东西，不如让它掉得更深，没必要捡起来。

"柯医生长什么样？"

"不胖不瘦，身上毛多，一看就是外国人。"

路陡的地方，苏品正坐地上滑下去，从走到滑一气呵成，不像我临时抓上台演戏似的扭捏。他屁股抹了油似的滑得干净利落。反观我要么生锈似的滑不动，要么撞在树上石头上。若是拍电影，让他演个老游击队员，会比好多演员演得自然。当然，表演是一回事，生活是另外一回事。

"段老者。"苏品正喊了一声。

山谷回应："段老者——段老者——段老者——"雪天森林通

透，回声特别清晰。

段成高在不远处说："震膘吗？吼那么大声。"

段成高这是在骂他，大肥猪膘肥体壮，大声叫唤叫"震膘"，据说越叫唤长得越肥。

"哈哈，我喜欢听山里头的声音。你包小脚了吗？走了这么久。"

大蒜听见段成高的声音，拱刺笼走捷径去迎接。段成高看见它后，连说它乖。

段成高爬上来，气喘吁吁。我到他这岁数只求还能走平地，自己吃饭喝水上厕所不要人管就好。他也穿了双防滑蹄，对他来说，也许太重了。

"歇会儿歇会儿，小心把老命折了。"

"怕是等不了好久啰。"

"放心，你还有一百年的天下。"

"你才是老不死的，等我们都死了你才死。"

"哈哈，休想。"

他们中谁会先走呢？这不吉利的想法本不应该有，听了两人对死亡坦率的对话，惊悚的猜测强行挤进我的脑海。怕死的人是我，不是他们。我四十岁时特别怕死，五十岁后反倒不怎么害怕。我当时三十九，有种莫名的恐慌。

我们爬回小木屋。从下往上走，只能慢慢爬。毕竟上了年纪，他们比我吃力得多。他们各自从不同的小路进入图云关，只有我一个人走大路，这一点我早已知道，不知道的是他们用什么办法说服家人，允许他们在这么冷这么滑的天出来聚会。不会像打电游的孩子那样撒谎逃出来的吧？

虽不时停下喘气，两人并没停止聊天。这是外人无法参与的电报体聊法。只蹦出几个字，另一个要等上一分钟甚至三分钟才蹦出另外几个字。不是句子，是从他们六十多年前的记忆里捡起来的星宿石。

我认识他们已经好久，所以知道他们在说什么。他们说了谷宗仁，炮兵学校，林队长，缅甸。两人在说段成高来图云关之前和之后的事。有些事情，我比他们自己、比他们的家人知道得还多，因为我会查资料。而他们不想在家里说的话可以对我说，对另外几个老者说。

段成高年纪最大，来图云关的时间却最晚。他是湖南涟源人，父亲开了个锡矿，一九三二年淞沪抗战爆发，锡矿停产。几年后父母相继去世，段成高到布店给人当学徒。一九四四年，本家叔叔被抓壮丁，段成高自愿顶替叔叔去当兵，到临湘训练，一月后被挑中到已经迁至贵州都匀的中央炮兵学校做学员。他在这里认识了战术教官谷宗仁，这位毕业于黄埔军校炮兵科的教官对学员极严格，段成高学得认真，谷先生特别器重他。年底日军从广西进攻贵州，谷宗仁临时受命出任独山战役炮兵指挥官。

"那天准备到炮校外面的田坝进行实弹训练，刚把场地清理好，向一片没有人的石头山开炮。谷先生是炮兵学校少将副队长兼战术教官，第一次实弹练习，他亲自出马，平时由其他教员负责。谷教官讲解了一遍要领，正要叫我们复述一遍，只见路上行人像遇到炭火的蚂蚁，惊慌地四处奔跑。不明就里的人跟着跑。问为什么跑，说鬼子来了。谷先生叫我们原地不动，继续训练。他告诉我们，日军真要攻进都匀，跑也没用，如果还离得远，没必要跑。后来才晓得这是真的，日军确实攻进贵州，占领了独山县城，离都匀还有一百多里。当时只有我一个人的复述是满分，其他人结结巴巴，吓得屁滚尿流。有个老兄把最基本的跳眼法说成跳大神，把谷先生都逗笑了。"

跳眼法是最古老的目测法，走到小木屋，段老喘匀气后教我，确实简单，一学就会。下次再看见远处景物，只要竖个大拇指就知道自己和它之间的大概距离。

"日本步兵没打到都匀，飞机飞来过，炮校往贵阳搬。谷先生上前线，带了一个炮兵训练营，是还没毕业的学生兵。我和几个同学也想去，他没答应，说我们学习的时间太短。"

跳眼法的关键不是竖大拇指，而是熟悉常见物体的尺寸，比如车辆的大小、牛马的身长、楼房的高低。

"炮校和逃难的人向北，政府的军队向南。逃难的是在贵阳、遵义或别的地方有亲戚可以投靠，没有亲戚有钱也行，否则只能待在原地。政府将云南和贵州划为一个战区，总部和前敌指挥部设在贵阳。从都匀走到贵阳，我们用了四天。在青岩碰到受命增援的汤司令的部队，他们乘车从陕西过来，马路上人多，路面又不好，可以清清楚楚看见他们的面貌。他们军容谈不上整洁，衣服上铺满了尘土，但表情坚定。那些兵都是些和我岁数相差不多的年轻人。看见他们，我对谷教官的安危放心了不少。和谷教官相处的时间不长，他对我就像父亲对儿子一样。可惜他死得太早了。日军退出贵州后，他到贵阳中央医院养病。他的病是累出来的，太累了。一九四五年九月，全中国欢天喜地，他却病死在医院里。"

图云关 — 摔下马背的骑手

"九月？救援队是这年九月离开图云关的呀。八月底陆续撤离，到九月走得一个不剩，我在柯医生住过的房间里哭了好久，肝都哭痛了。"苏品正说，泪水盈满眼眶，"几百间房子啊，突然之间一个人都没有，你不晓得我有好难过，心都被挖走一样。看见空房间我忍不住哭，听见羊的叫声忍不住哭，一个人待在月亮底下，看着月亮也要哭。平时，把羊赶回来后马上回家，帮父母干活儿。柯医生他们离开后，我吃了晚饭来到图云关，随便坐在哪个地方发呆，几个月后娶了老婆才没再来。开始那几天，感觉太阳是白的，天是黄的，泛白又泛黄，饭菜吃不出香味，走路发飘。我太想他们了，几十年来一天也没忘记过。"

"我比你好点。"段成高说，"我一九四四年才到图云关。炮校迁到贵阳后，为了改善生活，有亲戚的去找亲戚，没亲戚的利用空闲时间去做工。我有个做事喜欢转弯抹角的大舅公，住在油榨街。油榨街原先是出城的驿道，连名字都没有。驿道两边开馆子，生意好得很。从开州运来的菜油不够用，运菜油又麻烦，开馆子的人干脆自己榨油。运油菜籽比运油方便得多嘛。有人不开馆子，专门榨油。这才叫油榨街，原先叫什么没人记得了。我大舅公就是专门榨油的，找到他后，我被安排去图云关送油，三天送一次。他没儿子，全是姑娘。我来得正好，大舅公年纪不大，但身体不好，才五十多岁，像七十多岁的老头。"

苏品正补了一句："他狗屎运太好，一来就当上门女婿。"

段成高没生气，他在回想往事。往事飞得又高又远，但只要望着远方，往事就会像鸽子一样来到肩上，温度和声音都没什么改变。他告诉我他和林可胜的故事。平时东一句西一句，这次从头至尾，没有感叹，只有平静叙述，不时用手摸摸脸，发出磨砂纸般的声音。几个月后我才意识到为什么。从查找到的资料中知道，救护总队年底才全部离开。苏品正说是九月，只是开始撤离，并没一下撤完。我没必要点穿他，他的记忆已经模糊，但悲伤绝对真实。

一九四四年十一月，离开图云关已有两年的林可胜从缅甸刚回来。两年前，林可胜带领五十名医生、二十名司机，随中国远征军赶赴缅甸，他们根据战场变化搭建临时医院。他同时担任中缅印战区司令官史迪威将军的医药总监。回到图云关，恰逢日军入侵贵州，黔地人心惶惶，政府军在马场坪一带筑起防线。贵阳也有二十五万大军，能不能防得住？能防多久？街头巷尾议论纷纷。这期间独山、荔波、丹寨、三都四个县相继沦陷。住在贵阳的外国人不多，他们大多住在昆明，但美英两国已经在准备把昆明和贵阳的侨民接回本土。还听说政府有可能再次迁都，日军有可能轰炸贵阳。

贵阳离前线那么远，但轰炸机不觉得远。日军飞机三次炸过贵阳：一九三九年四月第一次，死伤一千多人；一九四〇年炸了两次，死伤十余人。一九四〇年后没再来，似乎已经安全。报纸上每天都有战场新闻，已经打了七年，人们对战争的关注已经疲软，战争新闻的吸引力已经不如本地发生的事故和逸闻奇事。一九四四年底，日军突然入侵贵州，一下离得这么近。就像平时说起杀人不眨眼的恶魔，虽是恐怖故事，却也并不那么可怕，因为悲惨故事从没在自己身边发生。现在恶魔来到家门口，给人的感觉大不相同。

图云关一开始就有军队保护，二十多人，和驻扎在城区的部队比起来太单薄。图云关不但有伤员，还有大量医用器械和药品，光奎宁就有十几吨，一旦丢失，染上疟疾的士兵就会失去战斗力，甚至危及生命。中国没有金鸡纳树，做不出奎宁，全靠海外捐赠。受伤流血的士兵特别容易感染疟疾，第二次长沙保卫战开战前几天，一次就发了几万片奎宁。十几吨看上去不少，但风险在于日军有可能截断运输线，以及对运输车辆的袭击。物资运输越来越困难。

林可胜见到人总是面带微笑，有一种发自内心的光芒，微胖的脸因为爱笑显得更圆。一点看不出他是个急性子。他经常叼个烟斗。烟斗看上去不起眼，懂行的说这是科西嘉岛石楠根制作，烟斗口不规则，起伏如火焰，叫火焰斗。听了大家的议论，林可胜决定立即下山去指挥部。他平时乘坐的吉普从缅甸回来后还在大修，其他卡车不是支援前线就是在修理厂维修。这时他看见段成高拴在树旁的骡子。

日军入侵贵州，图云关一时间人数激增，有军人也有难民，菜油需求量大，改三天送为每天送。段成高正在往厨房搬菜油，拎着空油篓出来，看见一位军官正在解骡子缰绳，一时不知道怎么办。倒不是怕军官要他的骡子，而是怕骡子踢他。这头骡子才三岁，买骡子之前，大舅公用扁担挑菜油，年纪大了吃力才买来这头骡子。大舅公叮嘱段成高，骡子腰太嫩，驮油又辛苦，一定不要骑，"这辈子你骑它，下辈子它骑你"。骡子被大舅公娇生惯养，脾气又倔，对陌生人尤其不愿俯就。

林可胜的军衔是中将军医署长，不懂军衔的人也能从军服看出个大概，和他说话得有分寸。骡子可不想知道，它只知道这个人笨手笨脚，发现他骑在背上后立即尥蹶子。不是嫌骑它的人太重，而是不想受制于人，任何人都不行。它才不管你是中将上将。林可胜体重大约九十公斤，骡子体重至少四百公斤，这点重量对它算不了什么。它刚驮油时也摔盆子打碗，被抽了几次后明白这是自己无法摆脱的劳役和命运，只能忍辱负重。已经驮了一年油，但从没被人骑过，理所当然地认为自己的背神圣不可侵犯。林可胜刚骑上去就被颠了下来。

骡子"哽、哽、哽"叫了三声，不是得意也不是生气，而是在说，就这样就这样。

段成高忙放下油篓抢步上前牵住骡子。

"这是你的骡子？"

"是的长官。"

"我有急事，借我骑一下。"

"好的长官，我拉住它。没鞍鞯不好骑。"

段成高把骡子牵到土坎边，借土坎当上马石。他安抚骡子不要动，同时把缰绳紧紧挽在手上，只留下三寸活动空间。

两个人同时"吁吁吁"，以为这是骡子最喜欢听的语言。

骡子一开始确实没有动，等林可胜坐上去后，突然发力前颠后翘，即使缰绳勒得脸颊发痛也不管，就不让你骑。林可胜再次被摔下来，这次摔得重，被抛起来再高高甩出去。

段成高吓得面色苍白。父亲的锡矿还在时，两个工人带他到矿山后面去玩，在地里偷了个西瓜。他们没有刀，把西瓜高高抛起再落下，摔碎后再捡起来吃。现在，他听到的正是西瓜落地般的闷响。他把骡子拴在树上，屋子里的人都跑了出来，都是医生，一齐上前查看林可胜伤在哪里，重不重。段成高这才知道摔在地上的是救援总队队长。他送菜油来时，听到大家以崇敬的口吻谈论他。他感到恐慌和内疚。

林可胜一边"哎哟"一边笑着说:"你这是故意的吗?爬得越高摔得越重,你让我尝到了这句谚语的厉害。"

林队长多处皮肤搓伤,伤得最重的是腰,其他人叫他就地躺下,他们给他拿垫子来。林可胜说:"我还有事情没办呢。"

段成高觉得自己闯了祸,但他不是过去向林队长道歉,而是用棍子惩罚骡子。骡子没名字,他临时取了一个,边打边叫它"杂种杂种,你这杂种"。骡是马和驴生下的,他这么咒骂不算恶毒。恶毒的是他手上的棍子。他使出全身力气,并不是他特别生气,而是惶恐不安让他难受,怕他们把过错怪罪到自己头上。抽过的地方很快冒出一道道肿痕,骡子痛苦地嘶叫着,不知道自己做错了什么。

林可胜发现后挣扎着坐起来,使出全身力气吼道:"混蛋,快住手。"吩咐其他人赶快制止段成高,不准他打骡子。林可胜这一吼,把自己痛得虚汗直淌。

段成高发现大家用责备的眼光看着他,他感到难堪也感到不解。想着自己打骡子没有错呀,那是他的骡子。嫌弃和责备让他手足无措。要是再小十岁,他可以哭,现在已二十一,很多人在这个年纪已经当了父亲。尴尬不适把他钉在那儿,直到有人拿来担架,问他会不会抬。

林可胜让司机小马和段成高抬他进城。小马在前,段成高在后。段成高的脸和林可胜的脑袋挨得很近,这是一个仁慈的、脑袋装满了知识的人,他想。他感到无比荣幸。几十年后,他仍然记得这颗饱满的头散发出的香味,一种他没闻过的香皂味。后来无数次走进商店寻找这种香味,觉得终于闻到了,再嗅却又并不相同。

林可胜很关心城区卫生站运转情况,段成高坦言来贵阳没多久,并不清楚。得知段成高大舅公家全是女儿，林可胜提醒他一定要注意个人卫生，妇科病大多和个人卫生有关。段成高成了大舅公的上门女婿后，找来一个汽油桶锯成两截，在院子里砌了个土灶，经常将一家人穿过的衣服、用过的床单被里放桶里煮。为此被邻居嘲笑多年，"哈哈，段高汉又在煮虱子"。他个子高，"段高汉"成了他的外号。他还在院子里搭了间小屋子，将另外半截油桶架在上面烧水洗澡。油榨街的男人洗澡要等到夏天去南明河里洗，女人则只能在家偷偷抹擦，冬天春天半年不洗，那些懒一点的有可能几年不洗。多年后，段成高在运输公司二分队当队长，单位开展批评与自我批评，同事说他别的都好，就是生活上有点腐化，资产阶级思想严重，非要三天洗一次澡，别人都是一个星期甚至半个月才洗一次。

段成高当司机乃至当车队长，和抬林可胜进城有关。那天从指挥部回到图云关，林可胜叮嘱小马，记得给段成高支工钱。段成高不要，小马说那你留下吃饭，以一顿饭抵工钱。大舅公家不缺吃，段成高对吃什么不感兴趣，只想知道他们怎么吃。每个人一个铁盒子，馒头和米饭放里面，菜也放在里面，不用筷子用勺子。"和炮校差不多嘛。"他想。饭后林可胜讲课，先讲战场情况，叫大家不必担心。指挥部将在图云关架设两架高射机枪，另外再派两个排上来保护医院，单独派一个排保护药品仓库。讲完时政讲专业课，以《中国生理学杂志》最近发表的一篇文章为蓝本。林可胜的腰还没完全好，只能坐在凳子上讲。在黑板上写字画图，他可双手同时进行，一只手写字，一只手画图。讲战场形势时中文夹英文，因为护工和勤杂人员也要听。讲专业内容全英文，段成高一句也听不懂，但他坐在最后面，一直听到下课，牵着骡子回到油榨街已是半夜。

段成高没料到这会改变他的一生。再次送油上来，他去看小马修车，撅着屁股一看就是半天。他觉得小马那双手是神奇的，车上的每一个零件也是神奇的。那些零件独自在一边时不起眼，也谈不上好看，组合在一起却可以让一个铁家伙奔跑。林可胜发现他喜欢车，叫小马教他。段成高从大舅公家拎来一块腊肉作为拜师礼。腊肉不是他从"楼辐"上取下来的，是后来成为他妻子的表妹得知他找不到礼物的苦恼后用棍子捅下来的。小马教他开车修车，开车只学了两个星期，在小马的指导下开车运了一趟菜油，他没料到自己学得这么快。小马说他天生就是干这个的料。表妹站在门口痴痴地看着他。他笑着问她看什么，表妹红着脸躲进屋。晚上借给他洗衣服为名悄悄告诉他："那么大一个铁老虎被你收拾得服服帖帖，好厉害。"

他说："它怎么是老虎，又不咬人。"

表妹说："它不咬人我咬人。"说着在他手臂上咬了一口。

"你咬我干什么呀？"

"这是记号，你是我的，谁也别想打主意。哼！"

段成高不再用骡子送菜油，平时帮师父开车，菜油一个星期用车运一次即可。学开车是他一生中最快乐的时光。

日军于当年十二月五日退出贵州，九个月后日本政府宣布无条件投降，救援总队陆续迁往他处，段成高和他们相处仅仅一年。这是无穷无尽的一年，让他回忆了整整一生。

那块腊肉直到救援总队离开前才被吃掉。给他们做饭的厨师不知道怎么做，而来自十余个国家的外国医生对腊肉一点也不感兴趣，他们吃惯了医院的套餐。救援总队的医生撤走后，剩下接收医院的本地人，这块腊肉才派上用场。吃到的人都说，这是他们吃过的最香的腊肉。

段成高知道后有点难过，他没给过师父任何礼物，离开时又没见面。师父开车送林队长去遵义视察，从那里直接去了重庆，从此杳无音信。林可胜离开图云关后将各军事医学院校以及战时卫生训练所改组，成立国防医院并担任院长。离开中国前林可胜兼任卫生部部长，一九四九年五月去了美国，二十年后在牙买加病逝。

图云关——摔下马背的骑手

撕心裂肺

午后灰云撤开，若就此下去，凌冻有可能结束。只过了半小时，天空重新堆叠云层，看上去不重，厚度却足以吸收掉所有阳光。李作成和周南生气喘吁吁地爬了上来。李作成说他来得晚是因为孙媳妇生孩子。苏品正说："你孙媳妇生娃儿你又帮不上忙。"李作成说："不是要我帮忙，是怕我添乱。他们都在医院，没人管我，不准我出门。"周南生则是为了给手机充电，临出门才发现手机没电。这时一块冰掉下来，险些砸在李作成头上。巨大的声响把大蒜吓得一趔身跳开，跳出三米远才回头汪汪叫。冰块四分五裂，里面有只小松鼠。

周南生说："你们看，它在树上睡着了，冻成个冰坨坨。"

苏品正不同意，"肯定是饿，这个天哪里去找吃的，饿死了才冻成一坨"。

周南生晃了晃脑袋，"颈子上挂镰刀，好险！只差一颗米就砸到他脑壳，今天要是砸到，怕是看不到曾孙了"。

段成高说："都不是，它是来给李作成报信的，他曾孙一定平安。本来是凶信，这一破就没事了，大吉大利，恭喜恭喜。"

"还是段大哥会说话，满月酒一定请你。"李作成说。

"只请他一个，不请我们？"

"请，满请，拿大骨头请。不拿根大骨头把你们的嘴塞住，不晓得又要吐出几颗象牙。"

段成高感慨，今年好多人都不能回家过年，汽车和飞机都被冻住了。苏品正问他从哪里知道的，他说从电影上。几个老者一起笑他连电影和电视都没分清楚。

段成高笑着说："都是人人马马在上面跳在上面唱，有什么不同吗？"

李作成说："说起电影，我想起第一次看电影。"

那天他和师父送输液架来图云关，当天晚上放电影，他和师父放下输液架后没回家，准备看完电影再回。这是他有生以来第一次看电影，看的是《塞上风云》，只看了一半，不知道故事结局。几十年后方富瑞和他一起重新看了一遍，才知道演的是蒙古族小伙子迪鲁瓦、姑娘金花和汉族青年丁世雄抛却个人恩怨，联合起来抗日的故事。再次看完却没当年只看半部有味道。

躺在担架上不能动的人在最前面，能自己坐的人在第二排。医务人员和其他观众在第三排，没凳子，站着看。躺着和坐着的都是伤员，有人还在输液。输液架是九架炉巷不同铁匠铺制作的，最重的有一百多斤，最轻的也有三十斤，不像现在的输液架，一只手就可拎着走。担架垫石头，一头高一头低，以便躺在上面的人看得到银幕。

李作成的师父对所有输液架比较了一番，认为做得都不好，包括自己的，都笨重。回家后对输液架进行改良，从山上砍来枇杷树、松树、山茶树树条，剥掉树皮，以树杈作挂钩，铁匠只负责制作三脚架。输液架顿时轻了许多，高低和密度不同的树杈又好看，特别是枇杷和山茶，剥掉树皮的树条呈浅红色，细腻又坚硬，大受救援队医务人员好评。从这以后输液架由"方打铁"家专供，渐渐地制作其他器材也只找他家。

"我师父也是第一次看电影，我们站在其他人后面，抬输液架上来流了一身汗，别人闻到汗味不好。其实我想拱到前面去，越近越好。我以为越近越清楚。师父看见银幕上那么多羊，感叹，'崽也，那么多羊'。看到那么多骆驼，又感叹'崽也，那么多骆驼'。再聪明的人，第一次看电影都会变成一个傻瓜。我喜欢的是电影里主人端出来的羊肉，起码有半只羊，口水当时就流了出来。那些外国医生全都不说话，安静地看着电影。师父发现这一点后咯咯地想吐痰，意识到这样做更不对，只好咽下去。他的注意力不再集中在电影上，仿佛看多了会让他再次咯痰。"

"他没料到他儿子会放一辈子电影。"周南生笑着说。

"又有哪个能料到自己的一生。"李作成说，"我过了好一阵才知道师父为什么精力不集中。两个外国医生，不晓得是同一个国家的，还是来自两个不同的国家，他们站在我们面前，看电影时手拉手。一男一女，大庭广众之下手拉手，师父没见过，我当然也没见过。中途更骇人的一幕发生了，他们嘴对嘴亲了一下。要知道，我们只见过大人亲小孩，或者小孩亲大人，只亲脸不亲嘴，成年人嘴巴亲嘴巴从没见过。师父吓坏了，他把我拉到外面叫我走，不要再看。我虽然很不乐意，但是不敢犟呀，只好和他下山。当时心里恨死他了。半路上，他骂他们不要脸，伤风败俗。到家后，我告诉方富瑞今天看电影。师父狠狠地瞪了我一眼。他老人家从那以后再也没看过电影，也不准我们去看。"

"方富瑞放电影的时候呢？"

"方富瑞放电影时，他老人家已经走了。"

李作成讲电影时天空筛下猫毛般雨雾，大家都没注意到，提到方富瑞时才发现大家的帽子已经湿了。

"方富瑞呢，怎么还不来？已经下午了，再不来我可等不起。"周南生说。

"老李，你没约他吗？"

"约了的呀，昨天给他打过电话。"

"是不是家里人不准他来。"

"肯定不是，他那个脾气，哪个拦得住他。"

周南生只会用手机接电话打电话，存电话号码和发短信都不会，他有一个烂成油渣似的电话本，所记电话号码不多，第一个就是方富瑞家座机。电话通了没人接。不会摔倒在半路上了吧？为了驱赶不祥的想法，我挖了个坑把松鼠埋掉。大蒜看着躺在坑里的松鼠皱了皱鼻头。它这是不屑还是同情？大蒜不会想到吃，它不吃掉在地上的东西，哪怕是它自己掉在地上的也不吃。这是花了两千块钱到宠物店培训的结果，以免它去吃死老鼠、死麻雀——灭鼠运动中意外毒死的猫狗可不少。

段成高叫李作成问问方富瑞的儿子，李作成不知道他的手机号，没法问。段成高没责怪他，他连自己儿子的手机号都记不住。周南生抱怨方富瑞不守时，却不直接说，而是强调今天是救援总队来图云关七十周年，日子特殊，不来不像话。李作成豁然明白似的一拍脑袋。"我晓得他在哪里，走，我们去找他。"

"你怎么知道？"

"我都不知道哪个知道。他哭巴巴拉去了，走吧走吧。"

方富瑞不喜欢高田宜这个名字，他觉得巴巴拉更符合她洋气的外表和活泼的性格，一直叫她原名，并且要求几位老友也叫她巴巴拉。方富瑞和父亲、师兄李作成送输液架或病床到图云关，送到时让父亲和师兄搬到指定地点，他则像好奇的小狗到处跑。达德学校在国文、算术之外开设英文和俄文，学生可任选一门。方富瑞选择英文。英文老师不教单词和语法，直接讲故事，讲完再教他们阅读背诵。这深深地吸引了他。在图云关，他不时看到墙壁上写有英文。他正处于还没掌握但兴趣浓厚之际，见到就念出来。这天他看见写在墙壁上的话：

Where the troops go,

should our ambulance workers also.

读得结结巴巴。能读，但发音不准，像扛竹竿进巷子，拐弯不利落。巴巴拉正好路过，笑着念了一遍。方富瑞觉得巴巴拉的声音像在唱歌，他耳朵感到从未有过的愉悦，一种恰到好处的舒服。而这位唱歌的人还如此漂亮，让他想到水井湾庄稼地里亭亭玉立的小白杨。他跟着读了一遍，他喜欢的是像行云流水一样畅通。至于什么意思，他并不关心。巴巴拉知道句子含义，但她中文不好，只会说简单的日常用语。后来他才知道这句话的意思是"中国军队所能到的地方，救援总队也应该能到"。

从这天起只要有空，方富瑞就往图云关跑，巴巴拉上班时他在病房外看书，空闲时和她聊天。他的英文老师是在伦敦留过学的校长。校长说方富瑞英文进步神速，还有一股伦敦味。方富瑞没想过出国留学，他只想和巴巴拉待在一起，听她说话，看她做事，闻她身上的味道。他最高兴的是陪巴巴拉进城，给她当向导。巴巴拉下山次数不多。救援队任务很重，不但要治疗伤员，还要不时派人到前线培训前方医务人员，给本地病人看病开药。巴巴拉说自己是一只停不下来的 Parrot（鹦鹉）。方富瑞则说自己是一只喜欢收集的园丁鸟。贵阳没有园丁鸟，园丁鸟的一切，是一本英文书告诉他的——不收集闪光的东西，只收集化石。

贵阳是个盛产古生物化石的地方，化石知道生命的秘密。

"它们都是人类的祖先。"他告诉巴巴拉。

"这可不一定。"巴巴拉说。

"为什么？"

"因为我们还没搞清楚人到底从哪里来。"

"不是从猿猴变来的吗？"

"这只是一种说法，没找到有力的证据。"

方富瑞带巴巴拉去南岳山寻找化石，南岳山离他家不到一公里。他们找到一块完整的三叠纪菊石，两块青蛤。回家路上，巴巴拉对一座牌坊感兴趣，说它漂亮，与众不同。方富瑞只知道那是牌坊，不知道何时修建，建它干什么。方富瑞把牌坊上的汉字翻译给巴巴拉听。巴巴拉说："我懂了，相当于纪念碑，纪念一个贞洁女子。"绕牌坊两圈，绕第二圈时看见一只脚板。离牌坊 10 米远有块黑色大石头，一棵柏树从石缝里长出来，弯过大石头才挺起身，柏树枝上挂着一只脚板，人的脚板。两人都被吓了一跳。那只脚已经变黑并且缩水，但一眼就能看出来，那是一只人的脚。他们向种地的人打听这是谁的脚，为什么要挂在这里。种地的人说，这是周家媳妇的脚，她和裁缝私奔，被家里人找回来后，她请他们砍掉她的脚，否则她管不住自己的脚，还是会跑去找裁缝。他们真的砍掉她的一只脚。这只脚先是挂在家里像熏腊肉一样烟熏，不知道为什么要挂到贞节牌坊这里来。巴巴拉听完后说她很勇敢。

"不知道她有没有安装假肢，她应该安装。"她告诉方富瑞，"很早以前，希腊人就会做假肢，有个在军队担任占卜师的人被俘后，敌人用夹具夹住他的一只脚，准备第二天把他处死。他用刀割掉那只脚逃出大牢，回到自己人中间，他们特地为他制作了一只木脚。有了这只木脚，他参与了打败敌人的战役。"

方富瑞把这事告诉同学，同学博学多才，说中国人也会做假肢，历史一点也不比希腊人晚。春秋战国时期，很多人被处以"刖刑"，"刖刑"就是砍掉双脚，于是有人专门制作假肢出售。有个叫齐景公的家伙又凶又恶，对交不起税的人通通施以"刖刑"。齐景公规定的税很重，好多人交不起，结果城门外卖假肢的人比卖鞋子的人还多。所以没必要自卑，外国人能做，我们也能做。方富瑞觉得怪怪的，这根本就不是自卑，更没法让他感到骄傲。他最真实的感受是恐惧。想到假肢，脚踝处凉幽幽的，仿佛被闪着寒光的刀锋惦记。

"世上好人多还是坏人多？"方富瑞问巴巴拉。

"当然是好人多。"巴巴拉说。

方富瑞希望好人多坏人少，这可以少砍很多只脚，最好一只也不要砍。但是，齐景公就一个，却砍了那么多人的脚，怎么办呢？

巴巴拉说："放心吧，现在没人下令砍别人的脚。"

"万一那个人又活过来了呢？"

"不会，时代在进步，残忍的事不会再发生。"

在这段时间里，方富瑞在李作成的眼里已经变坏，坏到不可救药，他心里只有那个洋女人，那个笑起来神采飞扬的女人。李作成因为被冷落，不想和方富瑞说话。而方富瑞根本没时间和他说话，他全身心地投入到对巴巴拉的崇拜和模仿中。

方富瑞不喜欢坏人。难以置信，被方富瑞划定的第一个坏人是救援总队队长林可胜。这和日军在常德投下鼠疫炸弹有关。那是一九四一年十一月，侵华日军在战场上投下鼠疫细菌弹，救援总队十余名医生星夜驰援，对感染者及时注射疫苗和采取隔离措施，成功阻击了鼠疫在常德地区的扩散。

支援前线的医生回到图云关，正是圣诞节，带队的孟威廉宣布放假半天。巴巴拉邀请方富瑞去过圣诞节，她要为从前线归来的同事唱歌。方富瑞问能不能邀请李作成，巴巴拉说当然可以。他不是因为自己伤了师兄的心有所补偿，而是因为他想让李作成听巴巴拉唱歌。方富瑞一发出邀请，李作成对他的不满刹那间烟消云散。

圣诞晚会在举行中，几辆汽车送来百余名伤员，护送的人找不到医生接待，一气之下撞开林可胜的办公室。林可胜听说后非常生气，走进晚会现场要求立即停止演出，马上给伤员安排床位。巴巴拉不知道发生了什么事，她正在唱歌，见人离开也没停下来，继续唱。林可胜铁青着脸，质问她："唱歌重要还是救人重要？你忘了你的职责了吗！"

巴巴拉知道原因后立即投入到救护中，还安排人给伤员煮粥。但林可胜质问"唱歌重要还是救人重要"刺伤了她，她来到图云关后，哪天不是为了救死扶伤倾尽全力。她没有哭，但任何人都看得出她很难过。方富瑞不知道如何安慰她，于是把所有心思用来怪罪林可胜。

"那个林胖子太坏了。"回家路上，他对李作成说，"我真想收拾他一下。"

李作成不觉得林可胜是坏人，但对捉弄人的事情都有兴趣。他们商量出一个最简单的袭击办法，将横放在林可胜门口的担架立起来靠在门上，他从里面出来时担架倒下去，打不痛，足可吓他一大跳。方富瑞想的是用原木，李作成担心原木太重，把林可胜砸伤了将受到追查。他是救援总队队长，向着他的人多，很容易查出来。方富瑞已放寒假，有的是时间，决定先观察几天，然后由李作成放哨，看林可胜何时回屋，等他睡着后由躲在树林里的方富瑞把担架靠上去。这办法好，李作成高兴地吹起木叶，木叶声引来看家狗吠叫，叫声越大他吹得越起劲，最后干脆扔掉木叶学鬼叫唤。他很高兴方富瑞像过去一样把他当最亲密的伙伴，于他是一种尊严，也是一种能力。

圣诞节过后是春节，天气一直不好，不时雨夹雪。方富瑞的父亲不准他们出门，叫他们和他一起把院子里的雪铲出去。等到冰雪融化，李作成对搞恶作剧已经没兴趣。师父让他打造一把大火钳，油榨街生意最好的餐馆"积荣楼"预订的，正月十五前交货。跟师两年第一次独自操作，这是他最想要的，他以为这很简单，哪知锤打出来的火钳撑不开。师父提起火钳看了看，放在砧凳上什么也没说。他把火钳烧红重新锤打，这次穿斗孔开得太大，夹东西拐来拐去夹不稳。他二话不说，把火钳再次伸进炭火。师娘叫他吃饭，他不吃。师父说："你费了那么多炭都没怪你，饭都不吃，难道还要使气吗？"李作成打铁打到半夜，躺在被窝里哭了一场，觉得师父和师娘对他太好了，发誓要像儿子孝敬父母一样孝敬他们。从这天起，他感觉自己已经长大，不能再调皮捣蛋。

雪还没化完，方富瑞去了图云关。才几天没来，他担心再也看不到巴巴拉。她离他不远，但她有可能像蝴蝶一样隐藏起来。他担心图云关其实是一个幻境，那些房子和人不过是他做了一个梦。信念让他胸口压了一块石头，意志叫他越快越好，身体和大路则顽强地拖后腿。路本来就陡，加上雪凌，他走得极其艰苦。

因为天气太冷，门窗全都关闭。病房用火盆取暖发生过缺氧事故，后改用九架炉巷铁匠制作的壁炉，炭火中毒事故才被杜绝。巴巴拉没有专用办公室。办公室所有医生共用，她大部分时间在病房。方富瑞不敢贸然推门，巴巴拉叮嘱过，病房不能随便进，要找她可在外面叫她名字。他觉得在外喊她名字有点傻，这是九架炉巷才有的粗野。站在窗下像猫一样立起耳朵，从一数到一百，没听到巴巴拉说话再转下一间病房。他听了十一间病房，终于听到巴巴拉的声音。没有说话声，他听见的是哭声。他没听见过她哭，但肯定是她。他瞬间想到的是，她又被那个胖子欺负了，他甚至想到最近才从书里读到的一个词：奸污。这个词让他气不打一处来。他要为她拼命。他之所以这么想，是因为他发现这不是病房，这是林可胜的办公室兼卧室。正准备踹门进去，意识到这种事外人无权干涉，你既不是她未婚夫也不是她兄弟。他听见巴巴拉难过地说了一句："My true God，can't you see？（我的真神，你看不出来吗？）"方富瑞听出悲愤和不解，更加肯定自己的判断，只有被凌辱又无助的人才如此绝望。即便作为 chevalier（骑士），也不可袖手旁观。他进去之前找了根棍子，牛眼睛般粗的枇杷木，是他父亲做的输液架摔断的，够硬够结实。要真是林胖子欺侮巴巴拉，这根棍子就是他大爷。

方富瑞推门进去，看见巴巴拉弯腰勾住桌子，双手撑在桌子上。

"你生病了吗？"

他突然看见巴巴拉的白大褂上有血，并且在小腹之下，顿时血往头顶上冲。

"是不是那个胖子？"

巴巴拉没有理他。他愤怒地把枇杷棍子打在桌子上，震得虎口发麻，声音一点也不麻。"他在哪里？"

巴巴拉这才看见他似的，"你这是干什么，你这个小恶魔"。

方富瑞很吃惊，巴巴拉告诉过他，被骂作小恶魔是最严重的咒骂。他指了指桌子另一头林可胜的照片，激动得话不成句："他欺负你？是不是，你说。"

"他为什么欺负我，怎么可能欺负我！"

他指了指白大褂上的血。

"我刚下手术台。"巴巴拉说，她仍然沉浸在悲伤当中，"我为他难过，为他妻子和女儿难过。"

方富瑞让棍子尖从桌面划到地上，这才发现屋子里的东西正在装箱或打包。他很快明白，这是巴巴拉正在做的事情。他丢下棍子，难为情地说："我以为你被欺负。没有就好。"

巴巴拉擦干眼泪后重新投入整理中。方富瑞不无欣喜地揣测，林胖子死了吗？既有嫉妒，也有莫名的兴奋。巴巴拉搬箱子，方富瑞过去帮忙。几个箱子搬到一起后，巴巴拉摸了摸方富瑞的头发，告诉他日军枪杀了林可胜的妻子和女儿。

组织救援总队时，林可胜为了家人的安全，把他们送到新加坡，当时日军还没开辟中国之外的战场。去年日军占领了新加坡，他们逼迫林可胜投降，解散救援总队。林可胜断然拒绝，于是他们杀了他的妻子和女儿。巴巴拉说着，眼泪又滚了下来。

方富瑞惭愧地说："我还以为……他去救他们了吗？"

"怎么救，没法救啊。新加坡和马来西亚全境已被占领。林队长马上要去缅甸。今天进城录音去了，他有话要对大家说。"

"去缅甸干什么？"

"去前线呀。缅甸也在打仗，现在是日本人和英国人打，中国军队马上过去支援。"

"你也要去吗？"

"我不去，我留在这里。日本人在圣诞节前将他的家人抓了起来，抓起来后给他发电报，要他去给日本人当军医，发了三次电报，他一次也没答应。他们枪杀他妻子和女儿后继续要挟他父亲，他父亲没办法，只好答应做日本人控制的'华侨协会'会长。我敢肯定老人是违心的，是为了他的孙子吉米，吉米年纪和你差不多。林队长已经两个晚上没睡觉，既难过又难堪，但愿他不要被打倒。"

方富瑞站起来，对着林可胜照片鞠了一躬，"我错了，对不起"。

"明天来给他们出征送行好吗？他带队，有十五位医生跟他一起去缅甸。"

"好。"

巴巴拉拍了拍他的肩膀。他更想她摸摸他的头。他的身高已经和父亲差不多，但巴巴拉仍然比他高一个头。

图云关——撕心裂肺

方富瑞回家吃饭时对父亲说："林队长明天要去缅甸，我们去送送他吧。"

父亲说："吃饭。"

方富瑞说："你们不去我也要去。"

父亲不耐烦地说："好好吃饭。"

方富瑞的声音更大："他妻子死了，女儿也死了。他爹投降了，他准备不认他爹。"

"你说哪个？"

他把巴巴拉告诉他的事讲给父母听。父亲听完放下饭碗，双手放在桌沿上，半天说不出话来。母亲说："我们是应该去送他，家里遭这么大的殃还要去救别人。"父亲说："不光我们应该去，九架炉巷的人都应该去，油榨街的人也应该去，我一会儿就去告诉他们。"

第二天，九架炉巷和油榨街一带的市民都来给远赴缅甸的医生送行。林可胜让副手感谢大家，他一刻不停地抽烟，火焰斗冒着沉默的烟雾，合影留念时也没取下。当天下午，收音机对日广播节目播出了林可胜与父亲的决裂宣言："你背弃诺言，投降日寇，我不能原谅你，也不再承认你是我的父亲。因为你是中华民族的贼，我不想认贼作父……我将与投敌资敌的林文庆决裂，不再保持任何联系。"

颤抖的声音里透着坚定。

方富瑞记得这段时间里的所有事情，上了年纪后回忆起来特别清晰，他可以如数家珍地说出时间和地点，甚至天气。巴巴拉曾把《弗洛斯河上的磨坊》借给他，这是女作家乔治·艾略特的自传体小说，他很喜欢书里面那个叫麦琪的女孩，生性活泼，天资聪颖。为了感谢巴巴拉，他特地在铁匠炉里烧了一个玉米，玉米粒上带小刺的糯玉米。可惜拿到图云关已经变凉。他很抱歉，说要热的才好吃。巴巴拉感谢他带来的玉米，不过她对玉米并不感兴趣，或煮或烧都没吃过，她在家时只吃过牛奶泡玉米片。

　　方富瑞也想吃牛奶泡玉米片。玉米片好办，可以自己做。牛奶却没有，贵阳没有鲜牛奶。他将玉米糁炒焦，以半瓶墨水从同学那里换得一小撮奶粉。冲泡出来很香很好吃，但做起来麻烦，没烧玉米煮玉米简便。

　　他四十五岁这年从大西北回到贵阳，无意中吃到真正的牛奶泡玉米片，这才知道玉米片并非他炒焦的玉米糁。做玉米片是先将玉米糁蒸熟，干燥后轧片焙烤，调味再烘焙，这才是可以冲泡的玉米片。真正的牛奶泡玉米片有股浓浓的香甜味，玉米片入口即化，这让他一下想起巴巴拉的一切，她的举手投足和音容笑貌。他从没忘记过她，他在牛奶泡玉米片里嗅到了她的气息，感受到了她的魂魄。"噢，巴巴拉巴巴拉，亲爱的巴巴拉。"鼻子一酸，眼泪掉进杯子。从这天起，牛奶泡玉米片成了他吃早点的标配，出差或走亲戚随身带。每次把玉米片投入湿热的牛奶，香甜的气味飘出来，他的思念之苦可得到暂时缓解。上了年纪后血糖偏高，医生建议少吃牛奶泡玉米片，他充耳不闻，每天照吃不误。

　　从林可胜离开图云关到巴巴拉去世只有两个多月，方富瑞对这两个多月的思念最多。长大后，他意识到这是悲伤所致。父母说为了一个人没必要如此悲伤，师兄李作成觉得他的伤心可以理解。他觉得没法和他们说，他感到每个细胞都很痛。伤心过度的人一般不说话。他正好相反，整整半年说个不停，白天说晚上说。用的是英文，没人能听懂，家人以为他疯了，请了医生看病也请了端公驱邪，都没见效。其实他有时在背诵雪莱的《西风颂》：

剽悍的西风啊，你是暮秋的呼吸

……把我的话语传给天下所有的人

就像从未熄的炉中拨放出火花

让那预言的号角通过我的嘴唇

向昏沉的大地吹奏

哦，风啊

如果冬天来了，春天还会远吗？

有时是在和巴巴拉说话。仿佛只要和她说个不停，她就能重新站在他面前。

日军在一九四二年三月初再次向常德投放鼠疫细菌弹，救援总队不得不再次组织医务人员前往救援。医生大半已去缅甸，只能抽调留在图云关的医生前往。出发前需注射疫苗，巴巴拉于一九四二年三月七日上午注射，两个小时后发现异常，送到病房立即抢救，可惜回天无力，当天晚上不幸去世。方富瑞一生坎坷屡受挫折，他并不在意，和巴巴拉的离世比起来全都不算什么，这是他一生的痛。这痛让他念念不忘，几乎就要变成一种快乐，足以引领着他的一生。

金　子

　　狗不但能读懂人的表情，还能预知人的想法。李作成说他知道方富瑞在哪里，大蒜抢先一步蹿到最前面。它偶尔的举动让人觉得不同凡响，平时却又不过是一条普普通通的狗。或许正因为如此，它才不像人那样有动不动就展现自己能力的欲望。周南生赞叹"这狗日的"。大蒜的绷带让苏品正想起图云关当年的伤员，他们受重伤才会转移到图云关，大多数经过治疗起死回生。也有不少人没能救回来，有的在一声不吭中死去，有的在号叫中死去。

　　"刚开始很怕，见多了反倒不怕死，怕活，嘿嘿。"

　　"你当时不是才十多岁吗，能想到这么多？"周南生不以为意。

　　"哈哈，我说的是现在，一听到号叫声我就把羊赶到一边，怕它们再也挤不出羊奶。"

　　他的过去和现在没有门坎，跳进跳出无拘无束，不过大家都能听懂。

　　李作成的自信不仅因为他和方富瑞相处最久、对他了解最深，还有一个关键，方富瑞曾感叹，若是能娶她做 wife 就好了，他不好意思公开讲，夹杂着英文讲，但李作成知道他在说什么。

"我又不憨。"

李作成说这话时憨态十足。

我们走到离当年关卡不远的半坡上，对面是民国时期修建的中山公园。两山之间的砂石路早已变成柏油路。高田宜也就是巴巴拉的墓在半坡一块不大的台地上。墓碑上中英文对照，中文是：

英国女医生

高田宜之墓

碑不大，镶嵌在花岗岩石块里面。方形石墓后面另立柱状和平鸽石雕，鸽子两只巨大的翅膀敞开，肚子里倒立着一个胖胖的胎儿。高田宜是外科医生兼妇产科医生。

方富瑞坐在石碑前，目光呆滞，头发又软又脏。

我有种不祥的预感，他不死也会大病一场。我扶他时感觉他全身冰凉、坚硬。我们没再回小木屋，我和李作成一起送他回家。其他人各自回家。方富瑞的家人质问我，这么冷的天气为什么要把他约出去，出了事谁负责。我没有辩解，带着大蒜回到杂志社。

方富瑞半个月后去世，感冒引起的肺炎。

方富瑞喜欢化石，我也喜欢。他脾气不好，却是我最愿意亲近的一位老人。我有时觉得他并不老，只是内心太苦。

夏天到来后我每周都去小木屋，只见到李作成和苏品正。段成高和周南生都没来，他们走不动了。后来李作成和苏品正也不再来。这是极其不平静的夏天，五月十二日汶川大地震，六月十二日深圳特大暴雨，八月三十日攀枝花地震。

到二○一○年初夏，段成高和周南生也走到生命尽头，小木屋呈现出不可遏制的腐败气息，地上长出一层薄薄的黄色地霜。这种粉状物逐渐蔓延到条凳上柱子上，篾片夹灰的墙壁上，屋顶的茅草上，摸上去极不舒服，像一切不洁的东西那样让人心生忌惮。单凭我和大蒜无法阻止，这种缺少人气的朽坏比想象中的要快。不去小木屋的理由越来越多，秋天还没结束，我们就再也没上去过。

小木屋很漂亮，但没有那几个人，它对我的吸引力骤然下降。多次想过维修，都因材料不好找作罢。

这期间老主编退休，新任主编比我年纪还小，我依旧萧规曹随，该做什么做什么。担任主编创收压力大，新主编的焦虑想藏也藏不住。那位扬言要起诉我的女士没把我告到法院，有天收到她的来信，称我冉编辑："冉编辑你好，我读了你最近发表的小说《为什么总是忧伤》，才知道你从小经历了那么多事情，才十岁父母就离开了你，靠小姨抚养。看得出来，你从小失去父母，一定是个善良的人……"

哪儿跟哪儿呀，我父母健在，也没什么小姨，在我老家没"小姨"这种洋气的叫法，我们只有二姨妈、三姨妈、四姨孃、幺姨孃。她把虚构的小说当成真事。

受不了这样的读者，我决定用个笔名：千田尾。煞有介事地注释：老家成片梯田，大小不一，九百九十九块被乡亲们用来种水稻，留下一块给我写小说。

新作寄给一个大刊主编，他在寄给我的退稿信里写道："你怎么取了个日本笔名，还是用原名吧，编辑和读者已经熟悉，突然冒出一个'千田尾'，还以为是新人。"

大蒜不再像年轻时一样活跃，遛它时它对其他狗不再多看一眼，并且不走在我前面，而是缓慢跟随。不能走得太远，否则力有不逮。它正在老去，白毛越来越多，毛发越来越稀也越来越糙，听力和视力都在下降，食欲越来越差，喝得多尿得多。这已经是二〇一三年，我在网上看到一则报道：七月二十六日，德国科学家成功让光在晶体里停留了六十秒。这意味着什么呢？将在科技领域产生什么影响？科学家的解释没有激起我的兴趣。如果能让人和动物的衰老停止六十秒，或者六十年，这将发生什么样的人间奇迹？

我不奢望大蒜停止衰老，它已经衰老，暂停衰老也不能让它青春焕发。有一天我拿回来一块牛骨头，大蒜以前见到牛骨头兴奋得呜呜叫。啃得起劲时不能碰它任何地方，否则它会咬人，才不管你是它主人还是它娘老子。现在它只把头抬了抬，想要但不想动弹。换在从前，它会一跃而起，像装了弹簧一样敏捷。我摇晃着牛骨头，它用浑浊的眼睛哀求：行了，要给我就给我吧。它啃骨头时的力量明显不够，咬了没几下后放开，绝望地看了看骨头，又看了看我。我以为它的牙出了问题，带它去宠物医院检查。医生说牙确实有问题，已经掉了一颗，它还有高血压，随时有可能因为血管爆裂死去。给狗治疗高血压的药叫贝拉普利，服药后几天没什么反应。几天后发现它失眠，半夜里听见长吁短叹的声音，我以为自己在做梦。醒来后发现不是长吁短叹，是大蒜睡不着发出的声响。再到宠物医院，医生说有可能是吃降压药引起的。和其他药物一样，降压药也有副作用。只好不再让它吃降压药。衰老是整体事件，不是一个方向的事情，就像流动的河里不是某一股水在流，是所有的水都在流。我不在房间时，它爱躲到床下面去，仔细观察后发现不是躲猫猫，而是怕冷。

衰老在人和动物身体上的反应如出一辙，这是上天做得最公平的一件事。

每天离开它去上班，它的模样会在我脑子里停留半个小时之久，它忧郁的眼神，它松弛的皮毛，它落寞的孤独。我们相处已有十年，没有特别的故事可以说，有时觉得它是亲人，是我前世的爱人，是另一个我。有人开玩笑说我不结婚是因为有个狗老婆。对此我从不反驳，甚至觉得确实是这么回事。有可能在某一世，我们确实是夫妻。她念旧，所以又来陪了我十年。但是，真正的夫妻相处太久会相互厌倦，我和它却从没这种感觉，这又是为什么呢？有一天我去广州出差，请同事代管，叮嘱他按时给大蒜狗粮和水，屎尿不用管，我回来再收拾。他出于好心把大蒜带到编辑部，大蒜不管新稿旧稿哗啦哗啦翻找，以编辑家的勤劳挖掘惊世之作。为此同事打电话抱怨，我说它连牛骨头都咬不动，哪来力气撕纸。同事开免提叫我自己听，大蒜听到我的声音后却立即安静下来。我告诉大蒜不可造次，要乖，这不是可以撒野的地方。大蒜听完后坐在座机旁，以为我在电话机里面，坐了一会儿居然掀开话筒，按下来电回拨。我以为是同事打来的，在电话里问什么事。没有听见回答，正准备挂掉，听见大蒜喉咙里发出委屈又不解的呜呜声，我的眼泪顿时滚了下来。

回到贵阳后，同事说大蒜再也没撕扯过办公室任何东西，每天守在座机旁，东西也不吃。幸好我第四天就回来，否则非把它饿死不可。

大蒜的老相并不突然，我知道它正在变老，仍然被它完全是一条老狗的样子吓了一跳。不是我一个人的感觉，连一向怕狗，见到狗就弯腰护住腹部的王老师也忍不住感慨："它好老哦。"王老

图云关——金　子

师住楼上，是一位即将退休的图书管理员，见到大蒜依旧弯腰护腹，身体像平时一样抖一下，同时却露出怜悯的表情。

二〇一四年三月下旬，贵州西部下了一场大雪。贵阳一带没见到雪花，只感觉到冷，气温从20℃降到2℃。樱桃花开得最繁，桃花半开半萌，深山的含笑和玉兰举着洁白硕大花瓣，茱萸低调的黄花像米一样小。大蒜在半夜里无声无息地死去。

贵阳已有专门为宠物安排后事的机构，从超度到火化一应俱全。超度主要是大型宠物，小动物只火化。我去参观过，一只小仓鼠的骨灰装在指头大的玻璃瓶里也只有半瓶。一只中型犬的纯棉丧服要一百元，火化费六百八十元，念经超度一千元。丧服、超度可任选，不强行搭配。我没将大蒜送去火化不是舍不得钱，是觉得没必要。我把它用过的东西包括玩具放到车上，用一件旧衣服把遗体包起来，然后开车来到图云关，把它埋在小木屋旁边。

坍塌后的小木屋像一只死去的大熊，篾片和茅草一碰就烂。我在小木屋旁边挖了个坑。我告诉大蒜，你就在这里躺着吧，他们会来看你的，我也会来看你。给大蒜点香，也给段成高、周南生、苏品正、方富瑞、李作成点香。然后给救援总队的外籍医生点香。

他们是华侨林可胜，波兰医生傅拉都、陶维德、戎格曼、甘理安、甘曼妮、马绮迪，德国医生贝尔、折乐夫、孟乐克、罗益、顾泰尔、玛库斯、孟威廉，奥地利医生王道、严斐德、肯德、富华德，罗马尼亚医生杨固、柯让道、柯芝兰，英国医生高田宜、唐莉华，保加利亚医生甘扬道，捷克斯洛伐克医生柯理格、纪瑞德，匈牙利医生沈恩，苏联医生何乐经，美国医生贝雅德、杜翰。

愿他们安息。

我想把小木屋重新修缮一下。下山后，我去建材市场挑选木料，加工好再运上来，在树林里固紧螺栓即可。为了掩人耳目，我等天黑了才往树林里搬，借助微弱的手电施工。我想通了，何必用茅草和篾片夹灰，全部用木板也一样，只要大小相同就行。小木屋建好后，我做了很好的伪装，不走到近前很难发现。

我在地质队工作期间，没找到过一粒黄金。离开地质队后反而找到了。不管是救护总队，还是我认识的五位老人，他们的精神比黄金更可贵。不过，想到他们时，我更愿意把他们当成化石而不是黄金。化石经历过什么，我们无从知道，但化石记录了地质史，是古老生命和地壳运动确有其事且最直观的证据。救护总队的医护人员，无名无姓的众多民工，他们也是证据，证明了战争的伤痛是全方位的痛；证明了人可以救人亦可自救；证明了救死扶伤可以超越国界政界；证明了死亡可以阻止；证明了侵略、瓜分、异族统治、动荡、迁徙并没成为过去，它有可能像突然而至的冰雹无缘无故砸在我们头上。所以，一定要记住他们，记住巴巴拉和她的同事，记住苏品正和所有民工。

从二〇一四年到现在，我在小木屋里喝茶，看书，冥想。时间过得真快，地里长出的藤蔓将小木屋紧紧包裹，和当时网购的伪装纠缠在一起。我一到山上就关机，以免忍不住邀请什么人来小木屋。有时真是忍不住，好在多年过去后，暴露秘密的冲动终于被按捺下来。我现在唯一能透露的是，听见"你拨打的电话已关机"，这一定是我在小木屋里享受清净之时。

图云关——金子

黔灵山

贵州道上

竺可桢小睡了一会儿，醒来后发现山坡上的农舍仍然在原处。他没有因此责怪邮车太慢，责怪公路太陡，责怪冷风冷雨。他是一个严谨的人。早上九点从遵义出发，四个小时走八十公里，在黔川公路上这是正常速度。

站在山岭上看不见乌江，只见邮车在之字形公路上缓缓移动，邮车像一块可口的糕点，乳黄色面包扣在草绿色青团上，四个轮子显得有点小，小到仿佛没有轮子，是百十双蜈蚣似的细腿驮着它前进。它已不堪重负，再加二两干辣椒都爬不动。邮车昨天从重庆驶来，在桐梓住了一宿后出发，早上九点到达遵义。和客运汽车不同，邮车一次只能卖四张乘客票。竺可桢从浙大遵义本部子弹库赶到邮局，车票售罄。校长专车送苏步青教授去重庆参加学术会议，他要么搭便车，要么乘坐邮车。便车不知何时才有，邮车又不能超载。

浙大文学院院长梅光迪（字迪生）在贵阳去世，他必须去贵阳和梅院长的夫人一起为他安排后事。还好买到车票的人中有一位是浙大学生，广西人，准备回广西过寒假。见校长焦急，主动把票让给他。"你怎么办？""我一边步行一边搭便车。"抗战结束，黔川公路车辆比以往少了许多，便车哪有那么好搭。"他应该走到懒板凳了吧。"从遵义到懒板凳二十公里，常人步行时速三至七公里，年轻人应该比较快。如果没搭上便车，他最好在刀把水住宿。浙大迁至遵义已有六年，黔川公路走过多少次记不得了，路上大小地名和地理概况却非常清楚。懒板凳是一个小村庄，路边曾经倒下一棵树，行人把它当板凳坐。走累了坐着舒服，可以偷个懒，吃点自带干粮。

对面农舍很小，只见屋顶。山坡陡得像城墙，住在农舍里的人，得整天把脚指头挖在地上吧，特别是睡觉时，要不要把自己绑在床上？

在乌江两岸修筑公路非常不易，不但地形复杂，经济也极其落后。最初的修建得益于喜欢汽车的年轻军阀周西成。周西成从十八岁当兵到三十三岁主政贵州，只用了十五年。当上贵州省主席后，他派人到香港买了一辆福特敞篷汽车，汽车开到广西柳州后没公路可走，只好船运，溯流而上运到贵州三都。从三都到贵阳连水路也没有，只有乡间小路，于是把汽车拆散，雇了二百六十个人，翻山越岭步行五十多天抬到贵阳。中间还掉到河里，遇到过土匪。买汽车的同时修建贵阳环城公路，这是贵州第一条公路，只有三公里长。三公里路无法让省主席兜风过瘾，于是设置路政局，以环城公路为起点规划出省公路。周西成只当了三年主席，后在战争中阵亡，福特汽车易主。云贵川本就帮派林立，舞台上随时换人。如童谣所述："民国十八年，汉板十八圈，主席十八子，只做十八天。"汉板是当时市面上流通的铜元，阴面有十八个小圆圈，围绕小圆圈是繁体

"汉"字。主席姓李,所以叫他十八子。修路工只有简单工具,经费又少,以小麦蚕豆磨成粗面蒸熟充饥,食用时互相默视无语,与绝望的乞丐无异。断断续续修了五六年,只能勉强使用,陷车地段特别多,坡陡弯急,过弯须倒车方能通过。至一九三七年太原、上海沦陷,南京政府迁都重庆,黔川公路紧急扩建,路面宽度和平整度有所提高,大娄山和乌江两岸坡度依旧,好在滑坡塌方有人清理,不像以前一有阻断就是十天半月。

考察迁贵州还是云南时,竺可桢已知贵州交通艰难。浙大安住遵义后,他在贵州道上坐过货车、小车,坐过轿子、滑竿,有时还步行。他最喜欢的是滑竿,视野好,空气新鲜,对喜欢的景物可以慢慢欣赏。轿车和滑竿没法比,轿车车窗小,位置又低,透过车窗只能看到局部,有时一闪而过来不及辨识。

在平路上行驶,大家或聊天或看风景,非常轻松,爬坡时不再说话,仿佛可以减轻载重。有人下意识捏紧拳头,攥住看不见的救命稻草。离开乌江峡谷里的铁桥爬上南岸,车速越来越慢,步行都能赶上。开到半坡拐弯时突然向后滑行,车里人禁不住惊呼。坐在驾驶员旁边的助手第一时间拉开车门,趁下滑惯性还不大,把三角木卡在前轮下面。这位穿邮政制服的年轻人像猿猴一样敏捷,塞三角木时没下车,左手抓住拉手,身体其余部分伸到车外,水里捞月一般。别人惊呼声还没断,他已把邮车稳住。塞好三角木再跳下去,拿另一块三角木去卡后轮。

再看车外,感觉邮车不是停在公路上,而是挂在悬崖上。驾驶员叫大家下去推车。上下车只有驾驶室左右两个门,一个供驾驶员专用,乘客只能一个接一个拱出去。竺可桢坐驾驶员身后,得等坐右手的人下去后他才能下。这人脚冻僵了，还在捏脚。他已弯腰离座，驾驶员发现后忙制止："校长，你不要动，有他们几个就可以了。"竺可桢没有犹豫，也没说话，别人惊呼时他也没出声，只是心里一紧。他下车时动作比较慢，其他人到门边后一步跳到地上，他先抓住拉手，一脚踩到地上后才把整个身体移出去。

原来路上有凌。黔北高原一个多月前已经开始降温，上周末又逢冬至日。从大范围讲贵州属于亚热带湿润季风气候，地理环境却又有平缓丘丛和深切峰丛之分，不同环境气温大不相同。低洼地带一点不冷，山坳和迎风面结冰挂凌，冷风如冰箭齐发，再厚的衣服也挡不住这些"箭"。

途中遇到一段长坡，凌冻比刚才遇到的都厚。正发愁，从树林里走出三个中年人，衣衫单薄，穿的是草鞋，二话不说就上来一起推。他们是养路工，在此等车辆路过时推车，没车时在岩窝里烧火烤。把邮车推到坡顶，他们什么也没说，转身就走。驾驶员和乘客大声说谢谢，竺可桢则向他们鞠了一躬。

盘山公路要转三十多个弯才能越过山脊。第一个弯推上去后，剩下的弯道都需要推车，越往高处走，凌冻越厚。下午一点半到养龙司，除了驾驶员和竺可桢，其他人累得像丢进锅里的面条一样又软又渴。每次推车，驾驶员都叫竺可桢坐车上，竺可桢没答应，他依然下车。"至少可以减轻一点重量。"他说。别人一看就知道他文雅，是个读书人，都不准他推车，"这哪是你干的活。"他一靠近就被赶走，"让开让开。"其他人一边推车一边说笑，拿驾驶员开涮，说他昨晚上肯定揩了哪个老板娘的油，揩得太多了，公路才这么滑。竺可桢不参与打趣，除非有事问他，他才说话。他们当然会问，推车爬上第三个弯道，连他叫什么名字，老家何方，在哪里公干，什么职务，家里有几个人都问得清清楚楚。在当天晚上的日记里，竺可桢写道：或许因为抗战胜利，民众普遍比较乐观，建设被战火摧毁的家园，这比任何物资都重要。

养龙司只有五户人家，有两个餐馆、一个马店、一个铁匠铺、一个杂货店。驾驶员说大家推车辛苦，他请大家吃午饭。竺可桢说："这你可不能和我争，我薪水比你高。"家纺棉麻布大作坊老板说都不用，他说没想到能和大学校长这样的大人物同车，这是他一生的荣幸，校长向养路工鞠躬时他看见了，这个小小的动作只有读书人才能做到。校长是教书育人的人，他不是校长的学生，也没读过多少书，但这个小小的动作教会了他很多，足够他受用一生，所以呀，午饭必须他来请，就当学生请老师。

午饭是腊肉煮酸菜豆米。豆米是巴山豆。腊肉切成丁，它的作用是命名，没有这十几粒腊肉，老板娘不好意思叫它腊肉煮酸菜。竺可桢饭量本来就小，今天又没胃口，为了避免别人说他挑食，勉强吃了几口。梅光迪去世，他高兴不起来。浙大一九四〇年迁到贵州遵义、湄潭两地，抗战胜利后陆续回迁，理应"漫卷诗书喜欲狂"，他却感到悲喜交集。

"你们看你们看，校长肚子里全是墨水，饭都吃不下。"驾驶员发现竺可桢走神，故意咋呼。竺可桢举了举碗，他不擅长调笑。邮车助手抱怨："在养龙司吃饭，应该吃龙肉嘛！不但没有龙肉，连猪肉都没有几颗，真他妈的扯淡。"

"我看你想吃的不是龙肉，是唐僧肉。"

"这个破地方，怎么养龙，龙不是在水里吗？""校长，为什么叫养龙司，真的养过龙？"

竺可桢放下碗："养龙司是养马司，乾为龙，坤为马，古人以龙喻马。洪武十四年（公元1381年），朱元璋调北征南，从南京一带过来的马个头大，不适应贵州山区，在这里培育小个头马。"

"哈，我听说过小种马，是不是可以像狗那样抱起来玩？"

"你那是蚂蚁的蚂。"

邮车进入息烽县境，公路渐平，车速快起来。大家刚吃过饭，吃饭时又聊得开心，上车后兴致颇高。竺可桢不和他们闲聊，不完全是谨慎讷言，主要是他对息烽印象不好。当年从广西来贵阳考察迁校事宜，贵州主事者把贵阳周边市、县长官请来商议。竺可桢希望息烽接纳浙大。息烽县在川黔大道上，离省城贵阳又只有六十公里左右。没料到县长婉言拒绝，说息烽是个小县，人穷地薄，口粮不足以养活那么多人。至于房子，一间多余的也没有。事后得知，浙大动迁之前已有另外一所大学来到息烽，叫"军统大学"。其实是军统以监狱命名的集中营。军统在几年前将张府园、羊皮巷、上清河三个监狱合并，抗战伊始迁来息烽，重新取名叫息烽监狱。县长其实也没办法，军统的命令不敢不从。县城平时只有两千人，集中营迁来后，管理人员就有一万多人，小小县城像一个草蜂窝团上一群马蜂，他这个县长的权力还不如人家一个科长大。竺可桢不想因此就原谅他，"你可以实话实说嘛，何必吞吞吐吐、扭扭捏捏"。

浙大西迁之初，竺可桢在黔、桂、渝三地奔波，无意中得知马寅初教授关押在息烽监狱。竺可桢和他性格完全不同，交谈不多，最近一次见面是一九三六年，大家受政府之邀去庐山开会。马寅初喜欢演讲，也擅长演讲，嗓门大，还喜欢直视别人，目光坦率，让人觉得他最喜欢的工作是品评他人，并且不许任何人耍花招。竺可桢和他不但是浙江老乡，还同为浙江省抗敌后援会委员，理应去息烽探望。浙大在遵义终于分三处安顿下来，全面复课，马寅初却已转押江西上饶，两年后释放。

邮车经过息烽，竺可桢不禁想起马寅初胖胖的脸和将军肚。

"等浙大回到杭州，可请他来浙大任教。"竺可桢想。他是一个心细的人，浙大迁回浙江后，他立即邀请马寅初，邀请了两次都没来。他没料到的是，自己三年后调任中国科学院任副院长，接任浙大校长职务的人是马寅初。这些是后话。

离开息烽县城几公里，邮车又开始爬坡。午后太阳慢腾腾出来又缩回去，凌冰在融化，邮车即便上坡也不需要人推。但雾特别浓，浓得连车头都看不见。除了驾驶员和竺可桢，其他人下车分站邮车两侧，指导驾驶员慢慢开。作为气象学家，竺可桢当然知道大雾如何形成，为什么散不开，但他没法叫大雾稀薄一点。人是指挥不动天的。

200米开了半个小时，爬上山坳，邮车一下从大雾里钻出来，天地豁然开朗。与公路平行的小路上出现一乘轿子，轿子后面跟着十几个人有说有笑，或挑或背，行李不重。

"这是干什么？娶亲不应该在下午呀。"

"可能是再嫁。没有响器班子，不声不响嫁过去。"

"再嫁也坐轿子，家境不错呀！"

"陪嫁的东西那么少，家境好不到哪里去。但家境不好也要坐轿子，新娘不能走着去的呀，要让人抬着去。走着去说话时落下风，说她是自己走来的。坐轿子不一样，轿子由夫家出钱租赁，是夫家请人把她抬来的。"

"穷讲究。"

"大家都讲究，你不讲究都不行。"

"抗战八年，好多当兵的没能活着回来，寡妇太多了。"

竺可桢在想梅光迪的遗孀李今英，以他对他们夫妇的了解，她不可能再嫁，但她一定会非常艰难，四个孩子，老大十九，小儿子八岁。梅光迪薪水比她高，她也有工作，两人薪水养活一家人不难。从今以后靠她一个人，太难。迪生做人做事目标太高，为文落笔不苟，一直有著作计划，临死也没写出来，他真是什么也没给他们留下。迪生主张小说、词曲可以用白话，诗文应该用文言文。以此和胡适辩难、讨论，也耽搁了他不少时间。随着新文化运动全面胜利，他在《学衡》发表的那些高论也失去了市场。他的一意孤行去除了自己，成就了胡适。他从专业的角度向胡适发难，极大地帮助了胡适对文学革命的认识。胡适也承认他是被逼上梁山，没有梅光迪等人的反对意见，他对新文学的认识不会那么深刻，要求文学革命的决心不会那么大。迪生吃亏在过于谨慎，他提出白话文应该提倡，但文言文不可废，这是正理。吴宓对此也大为推崇。话是对的，实践起来却有难度，他和队友没有写出让人信服的作品。他的专业是文学，理论功底深，对写作没兴趣。只读不写，述而不作，他们的主张没有成果支撑，结果被对手一步步逼成了保守派。

对梅光迪去世，竺可桢是有预料的。上个月见到他，脸肿，脚也肿。脸肿得看不出棱角，原本鼻子挺挺，眼窝深陷，有点像欧洲人。生病后脸肿平了，英俊顿失。男怕穿靴女怕戴帽，他靴和帽都有，医院也束手无策。这次见面后他只活了二十五天。他总结梅光迪生病的原因是气盛："迪一生大病，全在气盛。气盛则不能下人，一生吃亏，全在于此。"

目前尚不清楚他的病有多少是因为气盛，有多少是因为遗传。竺可桢年轻时体质也不好，生性安静，内向，全部身心用来读书。在上海城中上学时，又瘦又小，和胡适同班。胡适调侃他："你这么瘦，我看你活不过二十岁。"竺可桢大受刺激，制订锻炼项目，风雨无阻。几年后，两人同时考上第二期留美庚款公费生，登上游轮，胡适想起他说过的话，承认竺可桢已经活过二十岁，"你已经二十二岁高龄了，祝贺祝贺"。竺可桢说："二十二岁算什么，我一定比你活得长。"谈起各自即将就读的大学和专业，两人都选择学农，因为中国以农立国，不同的是胡适即将就读康奈尔大学，竺可桢就读伊利诺伊大学。两人下船后就要分手。胡适再次开老同学玩笑："你要保重呀，只要你活到六十岁，我在你的寿宴上给你磕三个响头。要是你比我活得长，你可以在我那个死人屁股上踢两脚，骂你这家伙死得好。"

"我还有四年就六十岁，他会来给我磕头吗？"

胡适其时人在美国，年中已被中央政府任命担任北大校长。校长一职目前暂由傅斯年代任。

"北大校长给浙大校长磕头，有意思。"

真要这样，可热闹了。竺可桢忍不住笑了笑。他相信自己，只要坚持锻炼，控制饮食，活到六十没问题。

时事诡谲猝不及防。竺可桢和胡适都没料到，竺可桢活了八十四岁，胡适活了七十一岁。竺可桢六十岁生日，胡适已远走他乡，没机会给竺可桢磕头。胡适一九六二年在台湾去世，竺可桢也没机会在他死人屁股上踢两脚。

　　"校长，到头桥了，你要去哪里？我送你去。"邮车司机问。

　　"这么快。"竺可桢回过神来，发现邮车正轻松行驶。

　　"路好嘛，你看，左边是黔灵山。"

　　"天快黑了，你不用送我，不要耽误大家。我在中山门下，走到目的地不远。"

黔灵山——贵州道上

深夜侦探

　　确实不远，竺可桢要去醒狮路，步行需要二十分钟。他今晚下榻醒狮路招待所，已提前约好给梅光迪治病的医生来见面。梅光迪曾在重庆中央医院和湘雅医院治过病，贵阳医学院认为他在重庆被误诊，没检查出肾上有问题，当成心脏病和胃病来治疗，其实是肾病影响到了心脏和胃。来贵阳治疗时为时已晚，在重庆的治疗耽误了半年时间。竺可桢对此未作评论，他提醒自己要清醒要理性，同行间难免会有推诿之嫌，公立私立两个医院相继误诊，应是事出有因。人死不能复生，推诿已无意义，了解他去世前的细节，对活着的人更有意义。

　　贵阳是座小城，醒狮路是条小街。竺可桢走向招待所，看见本地教育界和文化界的人把招待所围得水泄不通，顿时觉得这是一种"大"，一时没想清楚是哪一种"大"。他们中除了贵州大学、贵州省教育厅、贵阳县国民参议会负责人，文通书局的朋友，大部分人是中央大学、东南大学、浙江大学等高校毕业生，梅光迪先后在这三所大学当过教授，有师生情。贵州远比其他省份穷困，能上大学的人不多，都是富家子弟，他们显现出的朴实却又非粗鄙之辈可比，不掺杂胆怯和趋承。晚上记笔记时，竺可桢把这种"大"叫作"义"，义大，情大。

他记笔记时已是凌晨两点。中间去中山西路和梅夫人李今英商量出殡事宜，回到招待所时，来看望他的人更多了。人们仍然站在招待所外面，他们有太多的话要说给竺可桢听，说给梅光迪听。他们像侦探一样希望侦察出梅光迪一生的点点滴滴，让怀念包含更多动情又具体的内容。招待所坐不下这么多人，一位认识达德学校管理员的人叫大家去达德，去教室里说话。冬天的教室，白天冷，晚上更冷，刚走进去大家都不愿坐。十点后全城停电，于是有人找来几个粑粑灯笼点上。对成人来说课桌间的位置太窄，不得不东挪西移。这么忙碌了一会，教室里不再冷，特别是话题打开后，大家忘记了冷，不知不觉坐了下去。

毕业于中央大学的赵君是贵州省贵筑县骑龙村人——

"我见到梅先生时，他四十三岁，我二十三岁，给我感觉，这个老师英气逼人。和他熟悉后，发现他很随和，很少发脾气。他十二岁考中秀才。我问他，如果没有民国，先生肯定能中进士。他说他更喜欢民国。我老家产茶叶，我带了点给他。我不会喝茶，我爷爷奶奶喜欢喝，每天早上起床前，他们先泡一壶茶放在床前。奶奶头痛嚼茶叶，没胃口嚼茶叶，眼睛被什么东西蒙住了，赶紧嚼茶叶。梅先生在国外生活的时间长，我以为他不一定喜欢茶，我爷爷非要我带给他不可。梅先生拿了两个杯子，叫我和他一起喝。他用开水把两个杯子冲洗一遍，再将茶叶放进去。茶叶放进去后加一点点开水，不等茶叶展开把水滗干，再倒开水。不倒满，倒三分之二。可以喝了，他说。我不知道泡个茶这么复杂。这茶真香，我从没喝过这么香的茶。我用他这方法泡过几次，怎么也泡不出那种香味。这难道是水的问题，我老家的水也很好的呀。我告诉他，这茶康熙喝过，是贡茶。他不以为然地笑了笑。我老家有个进士叫周渔璜，康熙三十三年（公元1694年）癸酉科进士，中进士后参与编撰《康熙字典》《渊鉴类涵》《皇舆表》，喜欢写诗，被人称作'黔中诗帅'。周渔璜把老家茶叶带给康熙，康熙写诗称赞：品尝周公赵司茶，皇宫内外十里香。我老家那个村叫赵司，因洪武年间一个姓赵的人在那里屯垦而得名。梅先生说，这不叫诗，这是答谢辞。不过有一个词用得好，品尝。他收到的贡品那么多，品尝一下就行了，甚至品尝都品尝不过来。既称'黔中诗帅'，梅先生叫我背几首周渔璜的诗给他听。我家有《桐埜诗集》，小时候祖父叫我背过。连他写明成祖华严经大钟诗都背得，这首诗很长，最后几句是这样的：'金石寿长人不能，弹指千年多废兴。君不见米脂贼来箭如雨，原庙编钟散无主。万岁山头悲尺组，帝子王孙无处所，血溅长陵一抔土。'还有《泛舟西湖夜半归》：'天边明月光难并，人世西湖景不同。若把西湖比明月，湖心亭是广寒宫。'梅先生说确实不错，特别是'若把西湖比明月，湖心亭是广寒宫'这句。他说古典文学很重要，古典诗词在古典文学中占比很重，不过其中诸多意念，要深思之后才知道。无论什么时代，都不应该忽视古典文学。因为古典文学有三个方面的作用，一是普通教育。古典文学是过去一切经验、生活和智慧堆积而成的蓄水池，普通的人读了，可以滋养他们的心灵，提高他们的道德水平，教他们如何做一个完全的人。现在的中国，科学就是一切。这是不对的。自然科学虽然能给人知识，但是不能给人智慧。人对于某种科学有专长，它是不能帮你许多的，还是做人要紧，专工在后。二是永久的存在。古典文学有不朽的价值，古典文学给人以智慧，帮助人从现实世界里超脱出来。人要有精神的扩展、进步的观念才能应用到古典文学中。整个人类的精神文化和完美的人性，只有发展而无所谓进步，就像科学只有发现没有发明。一切日常事物的进步，只是一种肤浅的表象。那种进步不过是时代在前进，人性没有任何进步。三是真正的民族性。我们的祖先，生存在久远的世界里，因为有书籍和文明，我们随时能同他们'对谈'。这些书里记载着他们过去的、光荣的、吩咐我们的事业和名言，时刻提醒着我们。因为这三点，任何人对过去都可以产生崇信。因为崇信，自然能够生出敬爱的感情。他的话，我是记了笔记的，每次温习，都能感受到先生的深意。可惜我现在仍然不会喝茶，看来我必须好好研究一下如何泡茶，如何泡出梅先生茶水中存在的那种香味。那种香味一出来，梅先生的音容笑貌就会出现在我面前。"

令狐君毕业于东南大学，早稻田大学文学博士，贵阳文通书局文学编辑——

"在东南大学上学时，有一天我从楼梯上去，他从上面下来，穿的是长衫。我正低头读《红楼梦》，梅先生扫了一眼就知道我拿的是《红楼梦》。我鞠躬让道：'梅先生好。'梅先生问我这是读的第几遍，我告诉他第二遍。他说：'确实值得多读几遍，在中国没有比它更好的小说。'我不知不觉地跟着他下楼，来到草坪上。他说：'它最好的地方是人物，不但主要人物性格鲜明，放下书，次要人物也能一一浮现在眼前。人事物事虽未必有，但它切近人生。

这符合亚里士多德《诗说》的倡导。亚里士多德认为，文学家必考察人生状态，作为文学材料，不加丝毫成见，只就观察所得进行解释即可。'我告诉他，我就是喜欢，没有想这么多。他说：'历史只能说一人一事，小说和戏剧则能组合多数人的人生，以此构成理想的人生。但是你知道吗？中国人以前不敢把《红楼梦》当成文学，中国人受古代思想熏染太深，几千年独自创造，不与外界接洽，不知道取长补短。这和中国书画很像。所谓冰生于水而寒于水，青出于蓝而青于蓝，对文学写作和书画的模仿并不感到羞耻，不过是选择可以模仿进行有意模仿。这事流弊至今，最大的毛病是执笔为文，特别喜欢滥用成语，很少有造语命意，自出心裁。有些人又以酷肖某一个人为能事，这实际上是做了古人的奴隶。大地有无数条路可走，天下道路彼此通达，完全没有必要守住自己熟悉的东西不放，我国学者说六经之外无文章，这是有病。西方人正好相反，认为模仿没有出路，必须超越古人。他们以自由的眼光衡量世间一切，没有羁绊，所以颇能展现创见。'再次见到梅先生，已是二十年后，贵阳文通书局聘他做编审兼部主任。这次聘了一百一十二人，都是因为抗战来到大后方的学者，文通书局一跃成为中国影响力最大的书局。我们竺校长就是编审之一。其他的有哲学家冯友兰、数学家苏步青、桥梁专家茅以升、诗人臧克家、本地作家蹇先艾。梅先生对我编辑的《子夜》《家》等小说似乎不太满意，这些小说卖得非常好，给文通书局赚了不少钱。可惜没那么多纸，否则再印几万册也能卖出去。梅先生对赚钱没兴趣，他喜欢谈论中国文化。他说，中国学者的文章在思想上对古人照搬照抄，崇尚博雅，平民根本无法理解，平民更喜欢通俗读物，尤其喜欢用浅近的文字描述社会现状的小说。最近几十年，学者提倡白话文学，认为《红楼梦》《儒林外史》《水浒》这些书都有文学价值，从而排挤其他文学作品。这是因小失大。青年人都去钻研这几部小说，不再关心古籍，中国古典文化逐渐湮没，这不是好事，对中国文化破坏极大。中国小说与中国文化史很少有关联，描写、叙述，大多是琐碎的人生故事，登不了大雅之堂，何况中国人可以读的小说少得可怜。我不完全赞同他的观点，本想找机会和他好好探讨。他后期的言论，似乎越来越保守，甚至像言不由衷的激愤，在生什么人的气。我很想问问他，如果他来当《学衡》总编，是不是打算一直办下去。撇开新文化争论不谈，《学衡》介绍的西方哲学、宗教、历史、文学，还是蛮有意思的，停了很可惜。我专门从冠生园买来咖啡，等梅先生来文通书局，有本书要交给他审，等了两个月没等到他来。听说他住院，我想等他出院后一起喝咖啡。我有种感觉，抗战胜利了，所有单位即将迁回原籍，文通书局要开始走下坡路，不可能再聘那么多杰出的人来当编审。"

周君在贵阳师范学校当讲师，毕业于中央大学艺术与科学学院——

"刚开始去听他的课时，我不喜欢他的傲气。后来才知道，他主要是不喜欢人云亦云。也就是说，我以为的傲气不是傲气，是清高。有时很难分清两者的区别。我的同学马笠傲比我大好几岁，他喜欢拜访博学多才的教授、讲师，不管什么专业，只要听说那人博学多才，他就一定要去拜访不可。我呢，有时当他跟班。他和那些教授一聊就是几个小时。我怕人家嫌烦，暗示他可以了，该走了，但每次他都假装没看见。直到人家留他吃饭，他才如梦初醒似地告辞。听他们聊天的内容，似乎也没什么特别之处。等马笠傲用两三句话归纳出来，你不得不承认确实是那样，这让我乐意当他跟班。拜访梅先生不止一次。有次说到文学与情感。梅先生说，文学所表达的感情以失意为最上乘。比如《项羽本纪》《李将军游侠列传》，这些写失败英雄的作品无不酣畅淋漓，非常过瘾。西方文学大体如此，说希腊悲剧最具文学性，也是因为它写的是最可敬爱却不幸失败的人物。英国诗人丁尼生用诗称赞维吉尔，称他写出了悲伤的人类，原理是一样的。可惜中国大多数文人喜欢无病呻吟，感慨身世。欧洲浪漫主义发生后，类似的东西也非常多，这些都算不上好作品。我说：'问题是，如果都是悲剧，那人不得愁死。'说出来我就后悔了。梅先生用夕阳照射下的湖水般的眼睛望着我，这忧伤平静的湖水，远离人间，很少有人光顾的湖水。他几乎是在独自低吟：'已矣哉！国无人莫我知兮，又何怀乎故都！既莫足与为美政兮，吾将从彭咸之所居！'马笠傲再约我去拜访梅先生，我借故要给另外一位教授誊抄手稿没去。虽然确实有手稿要誊抄，但可以了回来再加班嘛。几年后，我读到梅先生发表在《国论》上的文章，这是一九三七年的创刊号，文章叫《言论界之新使命》。读完这篇文章才知道先生忧国忧民之心，非我辈可比。我在贵阳师范当老师后，我所教授的每一届学生，我都要求他们背这篇文章。用这篇文章出考试题，让他们对文章中提到的历史和人物加以考证、分析，把当前和历史打通。有人说梅先生保守，这不是保守，这是家国情怀。读他这篇文章，让我想到身裹银色铠甲、手持长枪的周公瑾。我在讲课时，当着学生的面慷慨激昂，眼含热泪，很有感染力。浙大从宜州迁到贵州，得知梅先生在浙大任职，我比哪个都高兴。我请他来贵阳师范做讲座是在一九四二年，这一年贵阳的繁华已经达到顶峰。我认识他时可以说一根皱纹都没有，可此时梅先生脸上已经有了不少皱纹。我和我的学生很激动也很期待。梅先生却满脸忧伤，我从没见过那么忧伤的人，他为国家以及世界上别的地方感到忧伤。全体师生都期待他的演讲。中学堂的学生也来了不少。他的声音不大，语速也比较慢，不时夹杂英语单词。他说：'作为中国人、贵州人，我们不要感到自卑。我们要去创造，从一切可行的途径着手，把中国复兴到一个最真、最善、最美的境地。'他拿了一本毛姆的小说——《彩绘的面纱》，准备叫文通书局翻译出版。这是毛姆以香港和湄潭府为背景写的一部小说。浙大理工学科在湄潭，贵州只有湄潭县没有湄潭府，毛姆写成湄潭府没有问题，问题是他对湄潭的描述和真正的湄潭相去甚远。他写到了牌坊、竹林、油灯。湄潭是一个多么漂亮的地方，但毛姆笔下的湄潭是模糊的，没有把真正的湄潭写出来。梅先生说，指望和指责毛姆都是不对的，得靠我们自己。无论湄潭、遵义、贵阳，我们去写她，不是为了湄潭如何，遵义如何，贵阳如何，而是要说这是中国的湄潭，中国的遵义，中国的贵阳。他说文学有三个作用：国与国之了解，必资于文学；赋国家之尊荣，消除他人轻视之心；既是美物，宜公之于世。他的语速不快，几乎是一动不动，每句话都经过思考才说出来。提问环节，有学生问到中国文学和西方文学的区别，他的回答是中国文学喜言忠孝，西方文学喜言爱。不过，中国因为国体变更，忠孝二字已经开始减色。黄白异种，面貌不同，但都具有人类共性，精神上契合正多，古今亦然。古人的感情，今天的人亦能了解。有人说古人文学是死文学，想创造一种特别的文学，自绝于古人，把人类与禽兽混同，这种人不是蠢就是狂妄，我坚决反对。哈哈，我感觉他是骂胡适。"

　　黄君，南京高等师范学校，抗战中随丈夫回贵州任教，梅夫人李今英南京高师同学——

　　"前几年贵阳确实繁华，特别是'吃'的方面，说贵阳是'中国西南的大饭店'一点不为过。贵阳不但有全国各地美食，西餐也不少，因为贵阳是西南各地交通的总汇。梅夫人李今英带着四个孩子路过贵阳，我和先生请她和孩子们吃饭。我当时正在帮文通书局校对《贵阳市指南》，对贵阳美食了如指掌，三百多家餐馆，家家生意都好。北方餐馆有天津饭店、燕市酒家。京沪有苏州茶室、南京酒家和西湖饭店。川味有迎宾楼、松鹤楼。西餐有贵阳招待所、冠生园、福禄寿。她说不要去大饭店，小饭馆小食堂即可。好嘛，'培养正气、味道深长'卖的是炖鸡饭，孙裕顺是伊斯兰餐馆，各种牛肉，苏德盛卖肠盙粉和肠盙面[1]，喜乐园是饺子，浔阳食品店是锅贴，老不管卖馄饨。大饭店的名字可以顾名思义，小馆子反而不知所云。她选盐行路一家叫'半分利'的小馆子。六个人，我点了六个菜，宫保鸡、魔芋锅巴炒羊肉、小炒谷春鱼、姨妈菜炖乳猪、蕨菜炒豆豉、豆芽煮豆腐。哈哈，他们一个也没听说过。姨妈菜又叫罗魁菜，是苗族妇女挑进城来卖的一种野菜，因贵阳人见到苗族妇女都叫姨妈，

　　1　肠盙粉和肠盙面即今贵阳肠旺粉和肠旺面。"盙"即猪血，贵阳人叫"盙子"。经时间发展，"盙"字被传成了"旺"字。

所以叫姨妈菜。今英最喜欢的是豆芽煮豆腐，先用冷水煮豆芽，煮开后再把豆腐放进去，不要油盐，什么都不要。这个菜最重要的不是豆芽和豆腐，是蘸酱，没有蘸酱味同嚼蜡。蘸酱里有辣椒、花椒、葱末和肉末。蘸酱里最重要的不是肉末，是碎米那么小的野葱，贵阳人叫苦蒜。今英怕辣，吃一口辣得眼泪花花转，忙喝豆芽汤。蘸酱味道隽美，她又是个勇于尝试的人，又吃了两口，'哈哈'吸气，舌焦口热，越辣越说好吃，要再吃一口。今英以前不会做菜，她出生在加州，七岁才和父母回老家中山，十七岁就在广州女子职业学校当教务长，哪有时间学做饭，家里有厨师，有佣人，用不着自己做饭。她和梅先生结婚后才开始学，女人呀，女人的婚姻是从一饭一蔬开始的。当时梅先生在哈佛任教，今英在海伦·凯勒女校攻读硕士学位，她既要上学又要买菜做饭、收拾房间。梅先生爱叫人到家吃饭，今英有时忍不住悄悄哭，但她从不让梅先生看见。为了做好一个蜜汁叉烧，一个人在厨房忙碌好几个小时。我在贵阳请她吃饭时，她不但认真吃，每个菜都要问人家怎么做。我们在一起上学时，追求今英的同学特别多，但她一个也不答应，义无反顾地追随梅先生。你们这些男人不懂爱情，和今英比起来，我觉得大多数女人也不懂爱情。你们不知道她有多爱梅先生……对不起，我有点激动。刚才说她喜欢豆芽煮豆腐，其实是因为梅先生，梅先生最喜欢吃的菜是豆腐。她月初陪梅先生来贵阳看病，整整一个月，一天也没离开过医院。我去看过她几次，叫她出来吃饭，她一次也不出来，我只好做好给她送去，我的厨艺远远没她好。还有就是她的英文特别好，在隔壁房间听她说英文，你会以为那是一个地道的英国人。总的来说，她是抱着自我牺牲，成就梅光迪的想法投入到梅先生的生活中去的。现在看来，这牺牲有点大。实话说，当初，我是不赞同她和梅先生恋爱的。不过选择就是命运，命运就是人生，今英才四十五岁，还不到说对说错的时候。百年之后，说不定这恰恰是最好的最正确的选择。"

　　肖君，毕业于国立东南大学西洋文学系，市立云岩国民学校教师——

　　"梅先生上课太严了，我非常怕他，上莎士比亚戏剧课，要我们每周读一部莎士比亚剧作，需提交读书报告，还要每天掌握一个单词并搞清楚每一个词组的含义。那时感觉真的让人受不了，到现在我还经常梦见自己没完成作业。昨天得知梅先生去世，晚上梦见他在讲课，在梦里，我写了一篇非常满意的读书报告，梅先生很高兴。醒来后，我赶紧抓过床头上的纸笔把读书报告记下来。其实也没有多好，甚至有些逻辑不通，必须好好整理一遍才是真正的读书报告。我在想，是不是平时太讲究形式，没有品出那些名著真正的精髓。这么一想，发现是自己太笨了。梅先生对女性比对男性宽容。有一次从戏剧人物讲到女性。他说女性心思天生细密，偏于直觉，人情世故比男性清晰。梅先生总是彬彬有礼，身上似乎有女性才有的光辉，我不知道这是一种道德，还是一种天性。他还说，总体而言，女子确实天性娴雅，心地柔洁，本身不会为非作歹，只有在环境不好的情况下，良好天性被湮没才会做坏事。没碰上恶女人才这样想吧，女人坏起来比男人更可怕。邪恶到底是从哪里来的呢？原罪、欲望，还是至今没被发现的东西。不管什么东西，都要长期观察才会发现。梅先生对中国社会不认可女子社交持批评态度。他认为，女性只限于家庭之内，男子长期奔波在外，两性之间日益隔阂，这是社会上种种罪恶之源。我觉得不仅如此，很多男人是结婚很久以后才长大的，才算真正的大人。我说的是自我认知。没有长大之前，男性往往不知道自己是谁。情爱是女子的生命，我们的文化羞于谈爱，这有很大的问题。民国以来，梅先生说，男性渐渐讲求绅士风度，这当然是多多益善，但也有一些人不过是东施效颦，乡曲摆脱不了穷酸习气，文人摆脱不了名士的习气。这些，都是因为没有得到女性的熏陶。我觉得我们说得太多了，请竺校长给我们说说吧。"

哈佛大学博士，浙江大学校长竺可桢——

"去年，李约瑟博士在遵义为浙大师生作'和平与战争中的科学合作'讲座，我们在柿花园一号接待他。作陪的有教务长张绍忠，训导长郭斌龢，史地系教授顾谷宜，外文系教授黄尊生、佘坤珊，心理学教授黄翼，文学院院长梅光迪。叫光迪作陪，是因为他有个远祖叫梅文鼎。梅文鼎是明末清初人，清朝历算第一名家，梁启超先生说我国科学最昌明者，惟天文算法，其开山之祖，是宣城梅文鼎。梅文鼎一生有六十多部著作。重要的作品有《交食》《七政》《五星管见》，这是最早向中国介绍西方天文学的著作。还有《笔算》《筹算》《度算释例》，着重介绍约翰·纳皮尔对数概念和伽利略的扇形圆规。我最赞同梅文鼎'去中西之见，以平心观现'。科学不应该有国界。再往前，迪生还有一位远祖叫梅尧臣，文学界无人不晓。梅尧臣是宋调的开创者，在北宋诗坛享有盛名，和苏舜钦并称'苏梅'。他广为流传的名句有'天地不争行，日月不争明''野凫眠岸有闲意，老树着花无丑枝'。梅家在宣城是望族，学术相传，是梅氏数百年家风。迪生和我同岁，他正月初二生，比我大两月。迪生从小天资聪颖，十二岁考中秀才，二十三岁通过庚子赔款留美考试，先后在威斯康星大学、芝加哥西北大学和哈佛大学深造，是我国第一位文学博士。昨天，我们在遵义召开梅光迪追思会，张其昀教授的挽联最能概括光迪的一生：知宽容而不流于虚无，知信仰而不流于独断，知批评而不流于愤世嫉俗之犬儒主义，此哈佛之学说，先生平素之行己教人，大体如是；至金陵而创刊有学衡，及武林而继起有国命，至播州而同人有思想时代之旗鼓重整，皆南雍之嗣响，吾辈今后欲质疑问难，又谁与归。迪生著作不多，文章大多发表在杂志和报纸上，至今没有结集出版。我相信，五十年后，一百年后，他的著作一定会被人当成瑰宝。迪生去世后，灵柩是运回遵义，还是就地安埋，两种意见都有。郭斌龢、李絜非、张荩谋等人主张，光迪生前已加入圣公会，不如安葬在贵阳。遵义虽是浙大本部，但抗战已结束，东归是必然。贵阳是湖南、广西、四川、云南四省交通总汇，安葬在贵阳，今后祭奠也方便。当年浙大西迁，今英带着孩子在香港避难，一九四二年才带着孩子到遵义和迪生团聚。迪生长期一个人生活，病根有可能是那段时间落下的。一九四四年日军逼近贵州，为了孩子上学不受打扰，今英和孩子去了重庆。今年四月，田德望博士可怜迪生一个人，特意请他去家里吃饭。德望攻读博士时研究意大利诗人波利提安，想把波利提安翻译到中国，请迪生吃饭，也有请教的意思。德望的夫人很会做菜，那天下午，田夫人学遵义人做一种小馅饼，当地人叫作油层，迪生觉得很香，多吃了几个，没想到回到宿舍气逆呕吐。他从这天开始生病，身体时好时坏，他没太在意。到夏秋之交，健康状况堪忧。今英说回遵义照顾他，他不答应，毕竟把孩子独自留在重庆，他不放心。等到终于抽身去重庆检查，此时他已经病得很重了。在重庆待了四个月，公立私立医院都去过，都没找到治疗症状关键。他们回到遵义调养，迪生来见我，我已有不祥预感。此时的迪生呼吸不畅，脸已肿圆。正好教育部委派贵大任泰、姜爱群等人视察浙大。任泰和迪生都是文通书局聘任的文学编审，两人关系很好。任泰听说迪生病重，特地去家里探望。任泰的车是教育厅的公车，今英想让迪生搭任泰的车去贵阳治病。任泰没有犹豫，立即叫他们乘车上贵阳，他自己视察结束后乘邮车。刚才两位给迪生治病的医生告诉我，迪生是慢性消化不良引起的高血压，到贵阳住院已经晚了，肾已失去三分之二的功能，只能注射盘尼西林（青霉素）勉强维持。迪生在遵义生活了六年，对遵义极有感情，自知得了不治之症，他想回遵义。今英答应了，但医生坚决不同意，尤其是尤副院长，说公路上那么颠簸，会让病人痛苦加倍，这很不人道。刚才，我已经向今英报告了浙大的决定，今英表示赞成。圣公会的墓地在黔灵山，我和圣公会牧师明天早上去选墓地，你们不要全部去，选两个代表去就行了。时间不早，大家回去休息吧。蒋公挽辞'人师典范'，学生自制会的挽联'计涉历赣桂险阻而来游，旧澍清标宗师共仰；以沟通中西文化为己任，未酬宿志有道运亡'。哪位辛苦写一下，明天早上布置灵堂。还有，请把桌椅还原。"

"校长，你的呢？你给梅先生的挽联。"

"李杜文章，渊明气节，公自大名垂宇宙；黔山埋骨，湘水招魂，我来万里哭朋侪。"

黔灵山上

　　凌晨下了一阵小雪，纤纤雪花还没落到地上便已融化，它们不是为了下雪才来，是为了转移悲伤。灵堂布置完毕，雪花也在这时停了下来，把空间让位给姗姗来迟的清冽晨光。灵堂中西结合，吸引不少市民观望。拥挤时不小心撞到人，会招来责骂，"小眼瞎孔的，生成是贵州人"。虽是骂人，却也自嘲，贵州偏远，贵阳在所有省会城市中最小，到处是山，看不到远处。转喻目光短浅，凡事只顾眼前的人。被骂的人不生气，回一句："我看你是小姑姑跳皮筋，劈喳劈喳。喳个屁呀。"劈喳意指话多。骂人的声音都很小，像在说悄悄话。旁边的人笑着听，像在听好玩的悄悄话。

　　贵筑人赵君建议下午再去看墓地，现在路有点滑，早上树上有水。竺可桢说好。来灵堂的人比昨天去达德的人更多，很多人既是来参加葬礼也是来看望竺可桢博士，他得一个个打招呼并交谈几句。

　　西式葬礼没有响器班子，不放鞭炮，不做道场，前来悼念的人穿着整洁彬彬有礼，手持黄白菊花或黄白梅花。持梅花的人居多，不完全因为事主姓梅，主要是贵阳种植菊花的人少，种来卖的人更少，梅花一样没人卖，但可以从私家院落折来。这给多少有点文化的市民留下深刻印象：肃穆比热闹好。

赵君在轿子巷赁了一乘轿子，竺校长坐轿，其他人步行。他有权认为这样安排是出于尊重，而不是奉承。

很少来贵阳的人献花、鞠躬，和熟人寒暄等等仪式后无所事事，要么到附近街道闲逛，要么就走亲靠友，不再来灵堂。中华路、中山路、黔灵西路的房子都很新，是最近几年才建好的骑楼。骑楼式样源于南洋，后在广州普遍修建。中日战争爆发后，来自江浙一带的人被称作下江人，来自广东的人被称作老广。一九三九年二月，日机轰炸贵阳，大十字东至护国路，南至贯珠桥，西至先知巷，北至光明路，一万多间房屋被烧毁炸毁。灾后重建，多以老广骑楼式样为蓝本，砖木结构，二楼三楼安装琉璃窗。房子临街一面是商铺，有廊柱式人行通道，为顾客遮风挡雨，既是一种商业招徕，也美观，也亲切。房子仿佛骑在大路上。洪边门、永乐路、毓秀路一带没被轰炸，骑楼惹人爱，于是将老房子改造，在临街一面加穿斗式木架，为了减轻重量，以薄板或篾簟做墙，也像骑楼一样开玻璃窗。改造好后得了个诨号：假洋楼。贵阳之外的贵州人据此认为贵阳人既好穿，也好面子扮富。

偶尔飘飞的雨粉被正午的宝珠净瓶收走，前来吊唁的人陆续离开，只剩下关系极近的学生和朋友。与本地住户办丧事不同，不提供饭食，也不收礼。不过按照本地风俗，选墓地不能有女性参与。竺可桢和牧师等人在公园西路吃完烤鱼、引子茶汤和锅贴就去选墓地。竺可桢让赵君打发轿夫回去，他和大家一起步行。赵君说，钱已经给了，就让他们跟着吧，一会儿你或哪位走不动都可以坐一坐的。经中华路至六广门，出六广门上市北路，市北路东进八鸽岩。贵阳北高南低，在市北路回头一望，六广门、洪边门、新东门、忠烈门一带的假洋楼不失低调优雅。如果把城墙看成壳边，整个城区则像一只向高处爬行的老龟，不慌不忙，以烟火气为血脉，好好活着即是爬行的愿望，既不古怪也不危险，讲究实际，没有不同于他处的含义，一切尽管放心，有着从出生以来慢慢长大的一致性，弱点也是力量，存在就是可靠。

八鸽岩更高，由于树木和突然耸起的山脊，反倒看不见城区。树林里石径宽敞，依山势修筑，数步一折或数十步一折，绕之字行走。到达圣公会公墓，地势已高到可以俯视人间，然而前面一岭横亘，即便没有树木，也只能看到城区一角。

公墓在一座小山的东面半坡，小山坡度比斜面屋顶更陡，在半坡处缓进去巴掌那么大一块，并不平坦，只是稍缓而已，宽不过二十米，深也就十来米，已有十余座坟茔。除了光绪年之前几座老坟，其余都是圣公会教徒，且多是外地人，何以客死他乡，碑文上并未说明。最显眼的是一座新坟，黄土还散发着被雨淋湿后的泥腥味。泥块上有半寸长的嫩草，大约是堆土里原有的草根新发，风和鸟儿播撒的种子刚开始发芽，还没拱出地面。

"谢六逸先生。"

赵君说。

竺可桢小小吃了一惊。

"他也埋在这里？"

他知道谢六逸，大夏大学文学院院长，一个非常活跃的人。一九三八年，大夏大学从上海迁到贵阳，经贵州本地能人出力整合

102

成一所综合大学，二十二个系之外附高级师范专修科、教育专修科、附属中学。竺可桢见过谢六逸两次。一次是谢六逸专程去浙大，代表文通书局聘他和苏步青等教授做专家编审。另外一次是在文通书局，竺可桢受谢六逸所托，将他所著《西洋小说发达史》《日本文学史》带给梅光迪。

"谢先生和梅先生是朋友。"赵君说。

竺可桢点了点头。

"谢先生是我们贵州的骄傲。"赵君又说。

竺可桢走到谢六逸墓前，深深地鞠了一躬。其他人见状，也分别向谢六逸的墓鞠躬。谢六逸出生在贵阳仕宦之家，考上赴日留学公费生，回国后入职商务印书馆，先后在神州女校、暨南、复旦和大夏大学担任院长或系主任。在复旦任教时，谢六逸创设了新闻系，让复旦成为全国第一个设置新闻系的大学。他第一次提出新闻从业者应具备史德、史才、史识三方面才能。他敢说别人不敢说的话，敢做别人不敢做的事，去世时四十六岁，家里只有满架残书，连棺材都买不起。去世后文教界同声痛悼。茅盾悲愤到以反话陈词：不幸而又"书呆气"太重，在贵阳那样一个投机活跃的市场，他却在喊生活无出路。当他的学生有好多已经飞黄腾达时，他却有所不为，这就是他"活该"抑悒以死的全部"罪状"！

令狐君笑着说："有谢先生在这里，梅先生当不至于寂寞。"

没有附会。

死者长已矣，他不应该开玩笑。

梅光迪的学生想把梅光迪葬在谢六逸前面，这是一种"靠前"的心理在作祟。谢六逸墓前坡度大，逼窄，须下切一米，还要下面

黔灵山——黔灵山上

没有石头，才能挖掘出墓穴。埋好后，坟前无法站人，是极陡的斜坡，坟头会给人一种滚落下山的不适感。竺可桢听出他们的想法后没有说话，内心一片悲凉。他走到谢六逸墓后面，用脚点点，"就这里吧"。与谢墓相距九米，靠山，坐西向东。

墓地选好，赵君问竺可桢要不要爬到山顶去看看。

"走吧。"

他喜欢爬山。

爬到山顶不难，墓地在这座山的三分之二处。到山顶后，一座更高的山峰耸立在面前，仰头一望，戴帽子的人赶紧反抓帽子，以免帽子掉地上。

"还上吗？"赵君问竺可桢。

"上。"

"只有一条小路。"

"没关系。"

"这座山有名字吗？"

"有，贵山。贵阳清初八景之第七景。"

赵君作为本地人特别自豪。前清举人吴旦作《贵山耸秀》一诗：山能峙立方称贵，人必孤行始足传。今有浙大竺可桢校长登山，贵山没有加高，但名声一定远播。

小路不但又陡又窄，还有盖在路上蜡质没来得及酸腐化掉的枯叶，踩上去特别软也特别滑。其他人没走多远就气喘吁吁，竺可桢从未中断过身体锻炼，不觉得累。他更感兴趣的是山间小气候，各具个性，孩子脾气一样令人着迷。迎风面马尾松像世家子弟当仁不让，樟树枫树珙桐老秀才般清高，青冈栎生命力旺盛却又破罐破摔，生长迅速却又从未长成参天大树。野山茶则禅定一般花照开叶照长，从不出头，身躯退居乔木之下，以坚硬的木质对抗风雪。松树樟树被积雪压折时，青冈栎被风吹倒时，它既无惧色，也从不幸灾乐祸，弯弯拐拐地长，结结实实地插进石缝，在土地瘠薄的高原上生生不息。不多，也不少。

竺可桢率先爬到悬崖脚下，赵君紧跟其后，他不能落后，不是因为他比竺可桢小十几岁，而是因为他是贵阳人。

"等等他们。"竺可桢一边敲石头一边说，"不知道这个地层的时代有没有人研究过。"

"李四光先生上过黔灵山，不过他考察的是黔灵山弘福寺一带，没过这边来。"

"许赞不许究，邈然天地空。"竺可桢自言自语。

赵君说悬崖叫关刀岩，因为口音，也叫光刀岩。关刀岩有四五层楼高，崖壁反向倾斜，如刀劈般光滑。谁有这么大力气劈开悬崖？只有关公。悬崖上寸草不生，石缝里撑着细木棍，仿佛没有细木棍撑着，山崖将要倒塌似的。

人到齐后继续攀爬，众人从悬崖与山体之间缝隙般的小路爬上去，顿时感觉豁然开朗。

"诸位，这就是贵山，孤峰峭拔，兀出群山。它也叫贵人山，贵人峰。城区在贵山南面，即贵山之阳，所以叫贵阳。"赵君说。

"什么时候开始叫贵阳？"

"最早出现在明朝弘治年间，一百多年后，程番府从惠水迁到省会贵阳，改名贵阳府，贵阳这个名字从此固定下来。之前曾叫顺元城，顺元城之前叫贵州，叫贵州之前是矩州。"

恰在这时钟声传来，钟声自弘福寺生起，在树林里回荡，大家听得见钟声却看不见寺庙。众人屏住呼吸，静听梵音。天接海门秋水色，烟笼隋苑暮钟声。

待钟声消失，脚底下阵阵松涛翻滚，偶尔还有鸟叫。竺可桢感慨："迪生没到上面来过，否则他会非常喜欢。那是什么山？"

正南方向，山不大，孤峰突起。

赵君说："山叫白象山，峰叫白象峰。西南方向，大罗岭，海拔1396米，比我们脚下的关刀岩高44米。大罗岭后来改叫黔灵山。那边是仗钵峰，西边，马鞍山。"

令狐君说："好看，不适合居住，八山一水一分田，哪有田？连一块旱地都没有。"

赵君说："大家往北看，比我们站的地方稍高一点的地方。那是六冲关，有六座冲天而起的山峰，远了看不清楚，设置关口时以两峰之间天然山口为关口。校长，那座山你去过没？金鳌山，靠近山顶有个山洞，叫地母洞。"

竺可桢好奇地睁大眼睛："地母洞？地母洞在哪里？看不出那就是地母洞。我去过几次，去年十二月中旬还去过一次。"

赵群说："那就是地母洞，藏《四库全书》的地方，树木太茂密了，距离又远，要有望远镜才看得清楚。不过，知道的人并不多，连文通书局的人也不是全都知道。杭州文澜阁的《四库全书》从浙江运到贵阳后，先是藏在省立图书馆。省立图书馆太小，申请拨款，财政吃紧，没钱支持，由教育厅垫钱买下张家祠堂。张家祠堂在威清门外面，有大小房屋十多间，房屋质量和数量都适合藏《四库全书》。一九三九年二月四日，十八架日本飞机轰炸贵阳，炸毁街道四十二条，死伤民众两千多人。出于安全考虑，两个月后将图书全部搬到地母洞。地母洞不大，好在靠近山顶，洞口朝西，比其他地方干燥。山洞下面有块小平地，又有树林遮挡，从树丛中投下的阳光正好晒书。"

令狐君不无得意地说："我上去过，多少次记不得了，每年十次以上。《四库全书》搬到地母洞，文通书局就派人上去协助整理，摘抄与贵州有关的内容。要知道，以前贵州很少编写史籍。五年抄了八百万字。文通书局准备编辑成《贵州通志》出版。"

竺可桢看了好一阵，这是非同寻常的文化苦旅，他既是策划者也是领导者。

"真想再上去看看，《四库全书》在那里存放了整整六年。战争让人民经受苦难，这些图书也经受了同样的苦难。一九三七年八月四日从杭州启程，经富阳、建德、龙泉、浦城、长沙，一九三八年四月三十日到贵阳。途中险象环生，迁到贵阳一箱未失，真是万幸。如果当初《四库全书》不是迁来贵州，而是迁去别的地方，浙大极有可能也迁去别的地方。"

"校长想去，明天梅先生上山后，我们陪你上去看看。不过，《四库全书》已经搬到重庆去了。"

竺可桢点了点头，他知道，去年年底日军入侵贵州，《四库全书》已转运到重庆青木关。并且，离运回杭州的日子也不远了。

回到中山西路，国文系主任郭斌龢，外文系教授黄尊生，梅光迪的二女儿三女儿已到。竺可桢昨天出发时，他们和他一起到达邮政局，没有车票，今天搭桐梓县天门河发电厂的货车赶到贵阳。

2600

鸟群掠过京杭大运河，由东向西飞越百官门，向老和山飞去。有人认出那是燕子。燕子以单只飞行著称，很少成群结队。不用问这是要出什么事吗？当时已经出事。战争爆发，恐怖消息满天飞。和笃定飞翔的鸟群不同，人们不顾闷热，使出浑身力气奔跑。坐在家里没有跑的人，心里也似万马奔腾。

"已经到了退让的最后关头！"

"再没有妥协的机会，如果放弃尺寸土地与主权，便是中华民族的千古罪人。"

收音机里，浙江口音一如既往让浙江人感到亲切，但语气中掩饰不住的焦虑却又让人坐立不安。运河里的桨声滞涩、沉重。车辆匀速前行，仿佛没有人驾驶。店铺里的盐因为咸得难受吱嘎作响，行道树吓傻了似的一动不动，电线杆子像单腿巨人，准备随时起跳。

梅光迪路过文理学院，看见一帮学生从文理学院出来，驻足观望等他们走近。这些学生嚷着要去找校长。

"你们去找校长做什么？"

"梅先生，中国对日宣战了，我们应该怎么办？"

"回教室，好好准备期末考试。"

"我们总得做点什么呀！"

"等学校通知。回去吧。"

梅光迪刚从南京回来，原计划去开元路幽冀会馆与《东南日报》编撰赵坤良见面。赵坤良已两次带信给他，请他去报社商谈事情。学生的话让他改变计划，他请一位同学给赵先生送字条，他晚点到。现在他必须去见校长竺可桢，如何说服学生安心学习，比见赵坤良重要。半道看见胡刚复、张其昀、束星北、张荫麟、苏步青、贝时璋等人往校长办公室急走，有人还提着行李，不由加快步伐。

竺可桢正在和教务处的人开会，见胡刚复一行，说来得好。他告诉他们："各位，情况非常紧急，日军已经在平、津集结，我军亦在密云、高丽营一带布防，战事一触即发。上海这边，日军海军陆战队不断挑衅，今日蒋公已宣布对日作战。我最担心的是文澜阁的《四库全书》。大家知道，'四库'成书之后誊抄了七套，存放在圆明园文渊阁、扬州文汇阁、镇江文宗阁的三套尽毁。文澜阁这套必须好好保存，这是华夏典籍的总汇，是文化渊薮，是中华文化的万里长城。我已和陈训慈（字叔谅）馆长吁请教育部，力争得到拨款支持，在没得到答复之前，得靠我们自己。陈馆长已经安排人赶制木箱，做好了先装箱。问题是怎么搬，搬到哪里。第二件事，浙大要不要走，往哪里走，大家说说。"

生物系主任贝时璋说："往小地方走，不要往大地方走。"

"要走就走远一点，以免再次搬家。"急脾气束星北大声说。

苏步青摸了摸下巴："'四库'特别怕火，最好远离居民区。"

历史地理系主任张其昀摇了摇头："迁校需要经费，搬得越远，花费越大。八月一号新学年开始，新学年由中央、武大、浙大三所大学联合招生，工作量比独自招生大得多。"

梅光迪和苏步青等人是联合招生试卷的出题人和阅卷人，"二十四号开始接受招生报名，八月一号到三号考试，我们四号要再去南京，和中大、武大的老师们一起阅卷。"梅光迪说，"这期间肯定不能动，也没必要动。不过我建议，我们也要赶制木箱，我们不但有图书，还有那么多实验仪器，没两三百个木箱装不下。"

"我们是不是过于紧张了？校长刚才说，日军在上海只是挑衅，并没有正式开战。即使开战，我们还有前方将士，日军不可能那么快得逞，何况上海离杭州还有180公里。"蚕桑所蔡堡（字作屏）笑了笑，"现在就吓破胆似的，战火真烧到眼前，岂不阵脚大乱。"

"这哪里是吓破胆，这是未雨绸缪。"总务长沈思屿看着蔡堡，"蔡所长的意思，难道人可以像蚕一样不受打扰照常吐丝。我记得作屏兄有名句'列强蚕食风云急，铁血男儿国事伤'，日本是列强中最欲吞并我中华者，我等岂能不提前做好准备？"

蔡堡收起笑容："提前准备当然应该，但我也听说泰山崩于前而色不变。还有，我那两句不是什么名句，不过是感愤报国无力。"

竺可桢打断蔡堡和沈思屿的谈话，不让他们继续争论。"两位都说得对，只是所向不同，不要再争了。我将抽空考察，为浙大寻找落脚之地，即使浙大永远不用转移，也要有转移的预案。各位去忙各自事务，我要去省图商量'四库'转运的相关事宜。请告诉同学们，越是时事危急之际，越要努力学习，既锻炼同学们的意志，也是从长计议的根本。"

《四库全书》其时已不在文澜阁。文澜阁在孤山，乾隆四十八年（公元 1783 年）以寺庙为基础改建，专门用来藏放《四库全书》。太平天国之乱，文澜阁被毁，阁圮书散，经过杭州藏书家全力抢救，仅得残篇八千六百余册，不到总数四分之一。光绪年间重建文澜阁，同时据《四库全书总目》搜觅补抄，抄得两万六千余册。进入民国，为了便于查阅和抄录，将《四库全书》搬出文澜阁，放进省图书馆孤山分馆。同时继续抄录，补录漏抄部分，恢复朝廷篡改内容，现总量已达四万二千五百余册。经浙江几代学人努力，终于成就《四库全书》"百衲本"，简称阁书。文澜阁与孤山分馆相距不远，说起《四库全书》，仍然将两者并提混用。

和平时一样，竺可桢没等司机开门，便自己从轿车里出来了，他发现闷热已经过去，看了一眼远处的湖水，它承载着一种沉默，任凭水鸟一头扎进去，或者看着它们在天上滑翔，湖水如如不动，了了分明。他的脸上有一丝疲倦，这是一张充满智慧的脸，这张脸上的智慧是内心深处的映照，而不是他刚刚看到了什么。

"竺校长来了，快把第二期《抗敌导报》拿来，刚印好。"陈训慈看见竺可桢后，大声吩咐办公室里的人。

"这期印了多少份？"

"三千份。"

竺可桢点了点头："会越印越多的，民众需要及时了解全国局势。"

"是呀，必须增加发行，多少赚点也好，阁书转移要花不少钱的。"

《抗敌导报》是七七事变后，陈训慈联合浙大，省博物馆创办的报纸。

"迪生、厚复、蔡堡他们刚回来。他们在京期间，专门到教育部汇报，以期引起教育部对阁书的重视。教育部已明确让浙大协助阁书转移。"

"太好了，感谢感谢。"陈训慈向竺可桢拱手。

"陈馆长，这是分内事。文澜阁的馆藏是'南三阁'唯一的幸存者，不把它保护好，我等难辞其咎。"

"也是，有你和浙大襄助，我有信心不损失一册一页。"

馆员都认识竺可桢，听说竺校长来访，纷纷来到院子里看望。院子里交织着说话声，大家互相鼓励，互相打听，仿佛他们本不在一起工作。交谈没多久，梅光迪和赵坤良赶来。原来赵坤良不是要在报馆和梅光迪交谈，而是要和他一起来孤山分馆，希望他向陈馆长建议，将《四库全书》送去富阳渔山。他在渔山有栋大房子，他不要房租，想放多久放多久。这种事外人说好些，自己说，怕别人觉得他有什么私心。在省图担任编纂的夏定域是富阳古溪坞人，觉得赵坤良的建议可取，也向竺可桢和陈训慈推荐搬去渔山。赵坤良在渔山新建了一栋住宅，老宅刚腾空，足够存放阁书和孤山分馆其他典籍。

梅光迪补充道："渔山就是渔浦，是水陆交通要道，远离集市，很适合藏书。"

陈训慈认为可行。竺可桢同意作为备选地，但仍需再考察两个地方作比较，不管运到哪里，浙大都将派出汽车参与运输。

大火已被点燃，不过只能看到烟雾和灰烬，还感受不到大火的滚烫。几天后，空气才被战争彻底烧焦。二十六日，日军向宋哲元发出最后通牒，要求宋哲元的部队撤出北平，被宋拒绝。二十八日，日军猛攻北平南苑，二十九军副军长佟麟阁、师长赵登禹先后殉国。二十九日，日军占领北平，三十日占领天津。三十一日，日军调重兵从北平、天津分三路南下展开攻势。与此同时，日本颁布"临时召集令状"，计划动员九十万兵力，企图一举"灭亡"中国。《抗敌导报》印量已达七千份，运到市区很快被抢购一空。

陈训慈给竺可桢打电话："校长，不能等了。"竺可桢回答："确实不必等，马上搬。"他们尽量让自己的声音显得平静，目前最审慎的选项是按部就班，按计划转移。

八月清晨的孤山特别凉爽，这对压抑的心情是一剂安慰，但并不能让他们松懈。天刚亮，全体馆员麇集孤山分馆点书装箱，连续装了三天，总计装了二百二十八箱。藏匿点来不及比较。四日用汽车运到江干装船，五日上午运抵富阳渔山。码头离渔山 7.5 公里，两百挑夫昼夜不停搬运，至当夜全部搬进赵坤良老宅。省图夏定域、史美诚、毛春翔、叶宗荣随行入住，得到赵家热情接待。史美诚和叶宗荣学过功夫，既是管理员也是保卫，徒手对付三五个盗贼没问题。叶宗荣还是神枪手，白天打飞鸟，晚上打香火头，百发百中。

阁书与所有善本暂保无虞，众人松了口气。也有人理解不了这种仓促，中国有四万万人，日本只有七千万，一对一打不过，六个打一个也打不过吗？一个人咬他一口，也要痛得他哇哇叫。

渔山三面环山，一面临水，渔山溪和墅溪贯穿全境。元代画家黄公望创作《富春山居图》时，常登临境内林峰山，在山上俯瞰春江两岸，以此段为蓝本，创作了卷首。赵坤良告诉客人，渔山有个有趣的风俗，叫"活金死刘"。古时，刘姓一族为避战乱，改姓金。去世后家谱和墓碑改回姓刘。两千多年过去仍然照此操作，活着时姓金，死后姓刘，"活金死刘"不再是为了避乱，而是习俗。夏定域以笔名古溪子撰文发表，称这一风俗并非渔山独有，与富阳邻近的诸暨、萧山、义乌、东阳、嵊州、台州都有。形成的具体原因已无法考证，有说和王莽、刘秀有关，亦说和太监刘瑾有关，还有可能和吴越钱镠有关。作为历史学家，走到哪里就调查到哪里，这是夏定域一生的习惯。他后来离开省图到浙大当教授，也和这种习惯有关。顾颉刚说他焚膏继晷，必有建树。

其间浙大完成了三所大学联合招生考试，并委派梅光迪等二十五人到京批阅联合招生试卷。竺可桢先后到天目山、建德等地考察，为浙大有可能转移做准备。校务会准备了三个方案，一是留杭不迁，二是全部迁天目山，三是一年级迁天目山，二三四年级迁建德。至八月十三日，日军大举进攻上海，淞沪保卫战爆发。接连两天，日军飞机上百次轰炸杭州。浙大不再是转移与否的问题，而是怎么转移的问题。教育部也电令浙大赶快转移到安全地方。多数教员以拖家带口去天目山不方便，要求校务会使用第三条方案。新录取的一年级新生三百八十七人移至浙皖交界的天目山禅源寺，其他年级学生去建德。为了适应战时需要，学校成立半军事化的"特种教育执行委员会"，委员会下设总务、警卫、消防、救护、工程、防毒、研究、宣传、课程等，所有学生必须参加其中一项，接受培训并严守纪律。

每个人都有修筑城墙保卫集体的愿望，整体看上可以被描述和理解，按部就班循序渐进。靠近会发现破碎之处已不可救药，到处是破碎的细节，寓意中的城墙似是而非，并不给人带来安全。可歌可泣的事情很多，让人愤怒的事情也很多。防空警报响起，师生跑到空地以防空袭，警报一停立即回教室上课。"在轰炸中学习"是师生每天必须面对的生活，不可能不受打扰，相信自己能做到，现实有可能偏不让你做到。声响与平时不同，比平时密集，听起来仿佛是一种欺骗。阳光也不同，颜色和温度让人产生不舒服的联想。有人把太阳想成一块冻疮也不奇怪。花草的形象也多了一种警觉和困惑，一切不应该是这样，不必这样。任谁都知道不好的事情已经开始，却不知道它何时结束。平时不用做的事，现在不管有无作用都得做。杭州留美同学集体致电罗斯福总统，请其主持正义制裁日本，同时在全校募集救国公债，为前方募集棉背心，为伤兵募集棉被和食品。年轻人头上的细微皱纹也有了沧桑感。

十一月五日，防空警报响了整整一天。是日拂晓，日军第十军三个师团十一万人趁涨潮，借大雾掩护在白沙湾、全公亭一带登陆。这是海盗的做法，正规军也这么做，大出中方意料。不过却也说明，中方对日军认识严重不足。全公亭守军仅三个连三百余人，奋起抵抗之后百余人战死，百余人受伤，只有四十余人突围。被杀被蹂躏的平民和妇女儿童近万人。

恐慌像蝗虫一样遮天蔽日，啃咬着每个人的神经。茫然四顾，只有少部分知道哪里可去。即便如此，告别家乡、告别亲人时的悲凉总是无法抑制。而不知道去哪里的人，心弦紧绷，同时横下一条心：只要不怕死，就不用去逃难。

杭州不能再待下去，浙大于十一日开始分三批迁往建德。师生先走，图书和仪器由总务长沈思屿率课员王以中、李絜非等留守并

115

为转运做好准备。第三批学生到建德后，竺可桢率胡刚复等人从建德赶赴杭州，帮助转运图书和仪器。

他们戴着浙大红底白纹三角形校徽，校徽像三角木截面，必须随时塞进倒退的车轮。其他大学早已西迁，至十一月中旬，杭州大部分中学都已迁到浙东，平民同样迁徙一空。在城内已隐约能听见炮声，杭州已是一座死城。商铺全部关门停业，或许不希望别人把自己逃离看成是一种胆小，商铺饭店大多贴上"家中有事""因事回乡"等字条。偶尔会有一群踌躇彷徨的人走在街上，他们是南来的难民，扶老携幼，让街景更加凄凉。校产整批转运已不可能，只能在富阳、桐庐设转运站，用了一个月时间才全部运走。渔山已不安全，其间急派一辆卡车去渔山，将《四库全书》运到建德。渔山不但能听到炮声，还能看到飞机掠过天空。有关部门发现文化古籍暗藏着风险，日本已成立"占领地区图书文献接收委员会"，简称"文献委"，其实就是文化特务，李絜非等人留守校图书馆期间，已有"文献委"的人到文澜阁以查阅资料为名，打听《四库全书》下落。竺可桢、陈训慈等人得知这个消息后心头大震，如何保护阁书成了每天临睡前思考的最后一件事。

人离开了，杭州并没从心头离开，她正遭受被侵略、被羞辱的痛苦。身为中国人，身为大学教授，他们感受到的痛苦比普通人更复杂。装在心头的国家、民族比普通人更重。他们没有流泪，在心头哭泣比普通人长久。除了难受还有追问：锦绣河山转眼成焦土，迁徙是不是苟活，就这么迁徙是不是合理。

焦虑和思索让行动变得沉重，但并不迟疑，实际效果比轻松旅行时要快。和这么多人一起迁徙，他们第一次发现，自己的国家这么辽阔，这么富裕可爱，风景如此优美。路上遇到的人，不管他是工人还是农民，都是自己的兄弟，值得为他们做点什么。

建德校区在十一月十六日复课。竺可桢离开建德去杭州前，已安排张闻骏和周承佑两位去吉安泰和筹备赣南校址。建德能否待下去，能待多久，都是未知数，得为再迁做准备。两人都是机械系教授，仪器没运到建德，设备不全，好多课没法上。因此安排他们去考察转移路线和接收地。

浙大建德校区有一千多人，同时迁到建德的还有杭州师范，而建德原有居民只有几百人。因此每当放学，整个县城全是老师和学生，俨然全城都是知识分子，仿佛整个县城已变成一座大学城。正值橘子成熟，果农不以斤卖，堆地上论堆卖，非常便宜，师生们吃了个痛快。果农更高兴，往年要运到富阳、杭州才能卖掉，今年在家门口就卖个精光。这些文质彬彬的人还总是多给钱，生怕他们吃亏。

真诚交往可以缓解焦急的心情，眼睛看到的，耳朵听见的，让他们对"同胞"一词有了与以往完全不同的感受和理解，平时感觉到的愚昧和粗鲁全都得到原谅，承认底层人所有不好的习惯，自己并非没有一点责任。

建德四面皆山，谷地狭窄，这在江浙一带极其少见，也因此让建德成了省内最贫困的一个县。人民生活不能自给，只有历代文化还算发达。为了感恩建德，了解建德，复课十余天后，张其昀教授给全校师生讲"建德之地理与历史"：建德曾是严州府，新安江穿城而过。严是严光，传说严光曾在此隐居。张其昀告诉大家，建德山明水秀，古称严陵山水甲天下。南宋在临安建都，严州离杭州不

117

远，因此受惠发达。加上南宋时期，严州是浙江西南孔道，有"八省通衢"的美誉。后来，随着海运兴起，洪秀全、杨秀清起兵，修筑浙江与江西公路，凡此种种对建德无一利好，大清同治以后逐渐萧条。

"不过严光高风，青岚映对，吊古揽胜，正是读书的好地方。"张其昀勉励大家。

是个读书的好地方，但时代不是好读书的时代。浙大迁到建德后授课从未停止，而外面世界恶化速度之快，远远超过逝者如斯的新安江。十一月二十日，南京政府迁都重庆，与此同时苏州陷落，日军南侵嘉兴。竺可桢不得不让天目山分校一年级学生下山与本部会合，同时派李絜非、杜清宇去金华、衢县等地接洽转运车辆。

越逼越紧的战事让少数教职工和学生改变想法，他们举起"上马杀贼，下马草檄"横幅，请校长允许他们离开学校去前线杀敌。竺可桢面对热血青年和围观学生，作了简短演讲："祖国危殆，至于斯极。我敬佩你们的勇气，这是可贵行径，感谢你们振作起全校师生抗敌的信心。期望你们所有人平安归来，我要你们记住，这是暂时休学，不是辍学。休学结束，须及时返校，无论何时返校，浙大都有你们的位置，都有你们的书本。同时我也深信大学是国家培本之业，继续在校读书的人，当有更远大的使命。因此努力于本位，认定紧握着的熊熊的智慧之火炬，发以致用，同样是杀敌复兴的本职工作。"

在热烈的掌声中、真诚的祝福中、热泪目送中，这些热血青年离开了建德。他们是刘奎斗、吉上宾、汤兰九、王家珍、程羽翔、洪鲲、丁而昌、程民德、黄宗麟、虞承藻、陈家振。他们将赶赴杭州，参加省公安局组建的游击队。列出他们的名字是因为他们一旦牺牲，名字很快会泯然于野。开战才三个月，牺牲的将士实在太多，多到一时无法完全统计。

教育部电令浙大，必要时立即迁去江西。参加游击队的青年出发后，竺可桢也离开建德，他和胡刚复、周承佑、梅光迪等再度前往赣南，复勘吉安泰和校址。这次需要江西省政府财政赞助，需要泰和、衢县允许借出相应房屋，他必须亲自出马。

紧张的空气和谣传让人喘不过气来，它们在传递过程中有增量，而真消息正好相反，是减量。这是因为人对灾难有着天生的恐惧感。十二月十三日南京落入敌手，全校师生陷入前所未有的恐慌和愤慨，同时抱怨也在增加。《抗敌导报》说敌人极有可能移师向南，那么，杭州将是他们下一个最大目标。这和上次离开杭州大不相同。杭州与建德一苇可航，且公路宽敞平坦，汽车五个小时可到。敌机肆意在浙江中部轰炸，建德既偏又小，警报也日见增多。在建德上课一个半月，省内军事形势极为不利。浙大在杭州失守，富阳相继沦陷之后，开始第二次西迁。学校二十三日停课，停课时间作为年度寒假，不再另补假期。

南京大屠杀的消息恰在这时传来，有说杀了几万人；有说几十万人；有说全城一个不剩，尸体堆积如山，血能没过鞋面。如果之前设想的战争是占领，现在才明白现代战争主要创伤是屠杀，占领不过是副产品。因为是读书人，对人性总会怀着最低限度的希望。最低限度的希望被大屠杀掐灭，不能不对人类产生最大怀疑：这还是人吗？人到底是什么？

在忙碌中思考，形势紧迫，一刻不能暂停。杭州陷落当晚，由梁庆椿、舒鸿、关奎联三位先生率领第一批学生出发。他们是女生和二年级学生。第二批由陈柏青、陈大慈、白起凤三位先生率领，于第二天晚上出发，他们是三四年级男生。第三批由储润科、夏济宇两位先生率领，全是一年级男生。这是艰苦卓绝的开始，却也是当务之急。

轰炸机呼啸而来，得意而去。从建德到吉安，中间需经过兰溪、金华、常山、玉山、南昌、樟树。从建德去兰溪可以坐船，到兰溪后只有小船，并且溯流而上，河道又弯弯拐拐，小船前行的速度比步行慢。第一批师生在兰溪弃舟后，大部分人选择步行。兰溪至金华25公里，要休息，要补充食物，要咬牙坚持十几个小时才能走到目的地。就要走到了，迎接他们的不是热水热饭，更不是鲜花，是大轰炸。十二月二十六日下午一点，三架重型轰炸机飞临金华上空，丢下几十枚炸弹，幸亏浙大师生还没进城。但身经其险，剧烈的爆炸声让他们情绪落到低谷。晚上风雨大作，这不是雨，是雨做的坟墓，埋着还没死去的人。轰炸让金华成了一座空城，市集停业，买不到柴火，也买不到食物，又冷又饿坐到天亮。而敌人将越过钱塘江直指金华的消息像洪水一样猛烈，从水路来，从公路来，只要几个小时。师生们唯一的盼头，是天亮后登上浙赣线列车。

列车不是没有，汽车不是没有，只是全部用于军运，不能用来客运。防空警报没有停，风雨没有停，难民密密麻麻。陷入绝境，各人想法大不相同，有的去和军队交涉，希望搭军车去江西，有的干脆沿着铁路线步行，有的什么也不做，"死在这里算了"。

情绪和诉求越是混乱，越需要有人站出来，尽量让大家聚向同一个目标。人的天性从其根本上来说并非以现实为依据，其实是以对现实的理解为依据。

竺可桢第二天和胡刚复等二十余人抵达金华，一颗炸弹在离他们不远的地方爆炸，他们立即卧倒。炸弹爆炸后，物理系教授王淦昌跑过去查看，回来后告诉大家，这是一颗爆裂弹，90千瓦二号陆用爆裂弹，重200磅（约91千克），在泥土上的威力圈直径是6米。

梅光迪掸掉衣服上的灰，笑着说："淦昌动作真快，我的脑袋还在嗡嗡响。"

王淦昌说："这是声波引起的脑震荡，暂时的，一会儿就能恢复。"

竺可桢以命令的口吻告诫三位院长："各位必须想尽办法带大家走，不许任何人掉队。"

农学院院长卢守耕点头："校长放心，这是自然。"

胡刚复阴郁地看着逃难的民众："乱七八糟，真是乱七八糟！"他感到胃里的肌肉拧成一只痛苦的拳头，他忍住痛回头对竺可桢说，"我们不能这样，我们必须振作起来"。

竺可桢严肃地说："我们平时就要引导学生养成静肃、谨慎、敏捷和集体行动的习惯，锻炼出坚韧不拔的意志、临危不惧的品质和同仇敌忾的决心。这是心力的锻炼，是他们在教室里不可能获得的教育。经受过此种教育的学生，将来更有可能成为国之栋梁。"

他们承认校长说得对，这和他们的想法没任何区别，不同的是，他们用不着大段书面语，震撼心灵的话有时只要一句甚至一个词就已足够。既要激励学生，也要激励自己，同时却也免不了忧心忡忡。现实太残酷。

搭上军车的人很少,大部分爬上运煤的火车。煤车没顶篷,节气在立冬与小雪之间,风大,冷风中夹杂着雪粒,打在脸上针刺一般痛。没走多久,他们的手上、脸上、衣服上被湿漉漉的煤屑糊成统一的颜色,不再有半点大学生模样。忍饥挨饿五个小时后到达衢县,再另想办法去常山。第二批从建德出发的人到达兰溪后听说金华被炸,火车不通。有人下船步行去金华,有人待在船上,让船溯信安江前进,第三天到达衢县。总务处得知铁路中断,预先在常山联系好汽车。离开建德一个星期后,浙大全部师生终于到达玉山。

浙赣铁路总局在玉山,此前学校已派人接洽到车辆。所有人钻进火车,摇晃了两天后到达樟树。越往西行,铁路坡度越大。到樟树后,机车拖不动了,只好卸掉两节车厢。以旁人眼光看上去,机车拖不动不是因为这两节车厢里的人和货物太重,而是因为他们头发里的虱子又大又肥。他们已经半个月没洗澡,仅仅半个月,虱子就像突然出现的敌方军队,以闪电的速度占领了他们的衣缝和头发。

逃离旅行的时间越长,失散的人越多。浙大派齐学启和李絜非负责搜救失散学生。齐学启来浙大不到半年,胖胖的,好多人还不认识他。他和孙立人是清华同窗好友,湖南人,曾就读于美国诺维齐军事学校。归国后任宪兵第六团团长,一九三一年上海战事爆发,率宪兵第六团参加战斗。后因厌恶军中党派之争离开军队,一九三七年被竺可桢邀请到浙大任教。从建德迁往江西,竺可桢派齐学启和李絜非负责转运学校图书、仪器,同时接洽沿途失散学生。李絜非年轻时因为生计,游遍大江南北,朋友多。一个熟悉军方,一个熟悉江湖,由他俩负责图书仪器和接洽失散学生再合适不过。浙大转移到吉安后,齐教授母亲病重,告假回湖南。在长沙见到孙立人，孙立人说："当前敌寇横行，我们当改文习武，不能以个人际遇而消壮志。"于是他脱离浙大再次从军，协助孙立人，任缉私总队副队长。一九四二年，齐学启以新编第三十八师副师长职入缅作战，取得仁安羌大捷，后在卡萨战斗中受伤被俘，死于汪伪政权派去劝降的人员之手，牺牲后晋中将军衔。这是一种选择，不是基于命运，而是基于责任。

从建德运出的浙大七百多箱图书和仪器，离开建德时装了三十多只民船。船到金华，警报频起，谣言如烈焰。船工害怕，威胁说，"给你们下在这里走了哈"。齐学启和李絜非一方面联系车辆，管它兵车煤车材料车，只要能加就加上去。一方面找民工卸船，自己也一起扛。在浙大专车出发前，他们将七百箱图书与仪器运到了玉山。

集体迁徙如同修建堤坝工程。堤坝太长，不可能让所有人拥挤在一处干活，必须分段完成。自己承担的一段完成后，不是接着修建下一段，而是去别的地方修另外一段。完成一段来不及欢欣鼓舞，越到后面工作越艰难，所有的豁口填补完才能松口气。

图书仪器从玉山统一运走后，齐学启和李絜非乘坐运伤兵的车到达南昌，从南昌坐汽车去樟树镇。到樟树后，发现有一辆客车中有一节车厢里没人，是空车。两人立即赶回南昌，请求浙赣线司令部给沿途各站负责人打电话，有无浙大师生。还真有，他们被留在了向塘乡间。两人立即赶到向塘。

他们脑子里已出现饿病饿死的景象。他们在南昌买了 10 斤白糖。饥饿昏倒的人最需要的是糖。

出乎两人意料，这几十个被留在乡间的师生不慌不忙，有人在洗衣，有人在做饭，有人在读书。他们已经步行了十天，走了 260

多公里。见到李絜非，教育学院院长郑晓沧笑道："风景太好了，舍不得走，并且也是知行并重嘛！你看我们，学习并没耽搁。"另外一位民俗学教授正在给同学用嘴炒菜打牙祭，白切鸡、炒猪肝、炖猪脚、烧板鸭、薄饼、汤圆，因为当天正好是尾牙节。闽台风俗，商人们每月初二、十六祭拜地基公和土地公，名为做牙。农历腊月十六最后一次做牙，叫尾牙。祭礼后好好吃一顿，叫打牙祭。"后来这个词泛化了，吃肉都叫打牙祭。牙原意是军中大旗，叫大纛，上下有齿牙镶边，所以打牙祭的牙不是牙齿。"齐学启听完后说："大家准备好，我们去吉安打牙祭。"

齐学启和李絜非马上联系车辆，将他们送到樟树，再从樟树乘船去吉安。他们到吉安后，浙大所有师生成功转移。

从建德到吉安 752 公里，用时二十五天。

如果每个人把自己经历和想到的一切都记下来，得多少辆车才能载得动？但写它们的人很少，不是因为不值得写，是还没动笔，又有新的、更新鲜的、鲜到让人不敢尝试的事发生，那是一种愤怒或接近崩溃的状态，是庆幸或接近认命的状态，是乐观或接近深思熟虑的状态，是感恩或接近仇恨的状态。听到爆炸声，有时是幻觉，有时是真在爆炸。想到大雨，有可能是晴天；想到步行，其实正躺在床上；想到食物，其实吃得饱饱的；想到死亡，其实自己还很年轻。时间一长，很多事情成了密码，只有有缘的人才愿意去解读。

正值寒假，浙大教职员工借住江西乡村师范，学生借住吉安中学。到达第三天，教职员工恢复办公，学生开始上课。

吉安中学在白鹭洲上，白鹭洲是一个江心岛，岛上建有白鹭书院，书院四周树林葱茏，江上烟波浩淼。文天祥十八岁得中庐陵乡试第一名，二十岁到白鹭书院读书，同年到杭州参加会试、殿试，被录为南宋乙卯科状元。文天祥的精神正契合抗战需求，浙大学生抄录文天祥名言张贴于中学各处：壮心欲填海，苦胆为忧天；男儿千里志，吾生未有涯；在齐太史简，在晋董狐笔，在秦张良椎，在汉苏武节；人生自古谁无死，留取丹心照汗青。一九三八年正月初四，天气出奇的好，是浙大师生离开建德后见到的第一个晴天，也是正月里难得见到的晴天。竺可桢心情不错，从乡村师范来到白鹭洲。见李絜非正在开箱检查学校图书，边检查边放太阳底下晾晒。在运输途中，有箱子被雨淋湿过。还好书籍并未打湿，只有少数封面和书边浸了一点水。两人正在交谈，秘书飞跑过来，告诉竺可桢教育部有电报。教育部部长陈立夫告诉竺可桢，京、沪、苏、杭沦陷后，公立私立图书典籍遭受巨大损失，原因是文化机构经费窘迫，又没有未雨绸缪、早作安排。"查浙江省立图书馆原藏《四库全书》，为国内孤本，至可宝贵。现业已运至浙江玉山，亟须经由浙赣、粤汉等路运至长沙。"陈立夫电请竺可桢校长和浙江省教育厅保护文物内运，他已咨文交通部，请他们免费派车运送'四库'。"除饬浙江大学派员接洽妥慎押运外，相应咨请查照，惠予电令路局迅为免费拨给 40 吨篷车二辆。"

"阁书运出建德时，为什么没有和浙大图书仪器一起运？"竺可桢问李絜非。

李絜非无奈地笑了笑："浙江省政府不想让《四库全书》出走浙江，想把它一直藏在浙江省内。他们给省图的命令是，在省内找个偏僻的地方藏好。"

"他们不知道日本'文献委'的存在？"

"这就不清楚了。"

"絜非兄，现在有教育部电令，明确不能再让阁书留在浙江。请你作为本校代表，以教育部名义去和浙江方面商量，把阁书运出来，离前线越远越好。学启教授告假回老家看望母亲，只有你一个人去，辛苦你。"

"校长不说辛苦。教育部的意见是运到长沙，在下以为，既然已经装车，不如再运远一点。"

"去哪里？"

"贵州。"

"好，甚好。"

省会杭州陷落后，浙江省政府有关厅、室已迁到南部永康、方岩。而《四库全书》并非陈立夫所说在玉山，其时已运到浙江龙泉。阁书离开建德到金华后，和浙大方向不同，浙大向西，'四库'向南。

龙泉地处偏远，在崇山峻岭之中，且已有省属学校迁到这里。《四库全书》运到龙泉后，藏在挞石山村金家祠堂。四位馆员史美诚、毛春翔、叶宗荣、夏定域寸步不离。省府以为可保无虞。李絜非日夜兼程赶往龙泉，竺可桢已向省府陈述厉害，省府同意《四库全书》离开浙江。其时大半浙江已落敌手，并且眼下也看不到取胜的可能。李絜非认为当立即转移阁书，有铁路用火车，有公路用汽车，没有铁路和公路使用马驮人抬，以最快速度消除隐患。最后商定路线是西出龙泉去浦城，浦城北上到江山，从江山走铁路到长沙。省图四位馆员没有异议，立即行动。最艰苦的旅程是从龙泉到江山，因为战火威胁，加上浙江西部公路狭窄，两辆篷车经过新岭、王坊、八都、沙婆桥、十八里、仙阳、达坞、峡口、清湖等二十多个乡镇才能到达江山。

越担心出事越容易出事。车过峡口镇，离江山还有 30 公里，路况非常差劲，公路不是一边被塌方占道就是一边被洪水切割，汽车颠簸特别厉害，第二辆在江山溪边后轮压塌路基，整个车辆一歪，翻倒在溪水中。李絜非等人急忙找附近水性好的村民帮忙打捞。有十一箱三千余册图书被水浸透。运到江山后立即搬到城隍庙天井，借来晒粮食的晒席铺开晾晒。晒书不比晒粮食和衣服，得一页页翻开，垫上毛边纸，让毛边纸吸水，同时还可避免书页起皱。山区春天气温只有八九度，阳光无力，晒了两天，拎起来仍然有水滴出。而防空警报频繁。李絜非等人不敢再等，把湿书装进箱子上路，四月十四日到达长沙，二十五日抵达贵阳。阁书到贵阳后先是放在威清门外张家祠堂，后因张家祠堂离市区太近，于第二年二月转移到北郊山上地母洞。从运到张家祠堂那天开始，晒书就是管理员们最主要的工作。搬到地母洞后，不仅浸过水的书要晒，其他书也一样要晒，以免生虫。地母洞不怕炸弹，怕潮，馆员们在洞子里放石灰，放木炭。

从长沙前往贵阳途中有过一次惊险，运输车在湘黔交界处被劫匪拦下，"车上东西留下，人和车可以离开"。李絜非站在公路上，问："有识字的吗？有请他下来看看。"几分钟后，身材修长、三十岁左右的匪首从树丛里走出来。李絜非打开箱子，拿出一本书给他看，"全是这个，不值钱"。匪首翻开看了一会儿说，"这是国宝"。李絜非心头一紧，心想这下完了。匪首把书还给李絜非，"装好，我送你们一程。有我在车上，没人敢动你们"。匪首站在驾驶室外车门踏板上，将他们送到贵州玉屏县境内。分别时，李絜非

127

向他鞠了一躬，匪首赶紧还礼："在下受不起，先生一路珍重。"

一年多后浙大迁到贵州，李絜非暗中打听过这人，所有消息似是而非。湘黔交界山高水险，宗族关系复杂，拉杆子占山头的人历来不少，战争年代，占山为王的人更多。有走投无路的穷人，有生意失败的商贩，有和上司翻脸成仇的小吏，当然也有读书人，甚至还有女人。

李絜非返回吉安，浙大已迁到泰和。吉安中学和乡村师范寒假已结束，浙大必须把房子还给他们。泰和距吉安40公里，步行一天能到。浙大搬到泰和县城之西上田村，村民大多姓萧。地理系教授张其昀著文称赞：江滨烟渚萦回，峰峦挺秀，寒涛似卷潇湘之雨，渔火如近枫桥之夜。

搬到泰和前，浙大师生已结束当学期课业，学业考试后休息一周，南行40公里进驻泰和乡间。天气也来凑趣，一时莺飞草长，百花盛开。浙大学生黎明即起，在朝阳下面，或朗读或默读。五百学生像五百只蜜蜂，也像五百只蝴蝶，采撷之勤见所未见。其间创办中小学，开荒六百多亩，募款救护伤兵，修建防水堤，世界学联代表团来访，灭蝇运动，呐喊团首次演出成功，毕业典礼上竺校长请马一浮先生训话，张其昀、唐凤图、束星北、王淦昌、程耀椿、钱钏韩等教授赴汉口慰劳，抗战建国纪念日，师生工友节食绝食以节约之款慰劳伤兵，竺可桢、胡刚复前往湘桂考察，准备再次西迁。

一切貌似轻松，实则沉重。即使游泳池建成，师生戏水嘻哈，但在战争阴影下的所有快乐都让人觉得沉重。所有人都喜欢花朵，喜欢翩飞的燕子，喜欢光滑的鹅卵石，喜欢清冽的泉水，但只要和战争联系在一起，所有的喜欢都多了一分苦涩。人人都相信不幸完全有可能落到自己头上，却又不可能因此消沉，恰恰相反，无论学习还是做公益都比以往和以后更努力，一点不造作，全是出于真心。谁也没料到，最大的痛苦会落在令人尊敬的校长头上。

离水边越近暑气越盛，食物越容易变质。进入夏天后，拉肚子的人不少。竺可桢夫人张侠魂和次子竺衡被痢疾感染，因为战争，药也进不来，土方偏方没起作用。竺衡很快支撑不住停止了呼吸，年仅十四岁。竺可桢在广西接到妻儿病重电报，赶到泰和上田村，张侠魂已经由痢疾引发肺炎，并发症又引发败血症，时而昏迷时而清醒，八月三日撒手人寰。张侠魂经姐姐张默君介绍与竺可桢结婚，生有五个孩子，抗战爆发，仅有十六岁的长子竺津坚决上战场。竺可桢回到上田村，大女儿竺梅告诉他，弟弟竺衡已经去世。几天后妻子也走了。竺可桢以"生别可哀死更哀，何堪凤去只留台"之句怀念妻子。

张侠魂性格开朗活泼，十九岁时，北京南苑航空学校举办飞行实验，张侠魂自告奋勇登上飞机，《妇女时报》以"破天荒中国女子之凌空"大肆报道。七七事变后，张侠魂在杭州发起伤兵棉被、食品募集运动，在建德和师生一起宣传、推广、认购救国公债，在泰和参与修建防水大堤。

八月十二日，浙大师生为纪念张侠魂组织了伤兵慰劳募款活动。做她在世时最愿意做的事情，是对她最好的怀念。浙大迁到宜山后，竺可桢从工资里捐出一千元，作"侠魂女士奖学基金"，以基金利息奖励清贫优秀的女生，每年奖励一位。

泰和待不下去了。六月下旬日军在广东南澳岛登陆，七月初，日军二十五万人合击武汉，中国以百万军队阻击，武汉保卫战白热

129

化。六月二十六日江西九江失陷，赣北相继失守。

　　张侠魂下葬那天，竺可桢彻夜未眠。天亮后秘书常诚忘报告浙大呈请教育部在永康设招生处得到批复时，他连一根头发都没动一下。秘书把文件放在桌子上，正要离开，他叫秘书请李絜非和总务处事务课员滕熙来一下。李滕二人到来之前，他在日记里写下"夜不能寐，夜间梦见侠来"。他告诉李絜非和滕熙，四月初，由北大、清华、南开组建的西南联合大学已在昆明成立，教育部认为可取，建议浙大迁贵州安顺。多数教员也认为走走停停太影响教学，不如一次性迁到安全地方。他们不知道的是，学校财务吃紧，没有能力去那么远的地方。迁到安顺要远三分之一路程，且湖南到贵州安顺只有公路，图书仪器近千箱，行李三千箱，运到安顺须半年以上，又很难找到车辆，校委会筹划再三，决定先搬到宜山，根据形势发展再决定是行是止。竺可桢让李絜非和滕熙去宜山筹备校舍，同时查勘沿途运力。人员迁移之前，图书仪器先运出泰和。

　　再次率领浙大西迁，竺可桢已像率众寻找应许之地的长老。不同的是他只有眼神，没有劈开大海的神杖，脸上也没有胡子和粗糙的皮肤，厚厚的眼镜和平静的脸色让他显得温文尔雅。他生于一八九〇年三月，时年四十八岁，担任校长已三年，一上任就让他推着石头上山。他对看着他推石头的人说："来，我们一起。"追随者除了谈论教学和战况，没有怨言。迁徙在意料之中，这没什么大不了。因为战争，不得不在自己的祖国流浪，这既不可耻也不可笑。在艰难的行程中，妇孺先走，男性职员断后，同时将师生分成若干队，每队都有导师一人或两人领队，仿照军事化组织实施。同时成立步行团，步行团又分两队，一队沿途采访各县商业、农业、教育等情况，为相应专业提供数据，一队参与各地欢送征兵宣传，遇纪念日登台表演。步行千里，用时四十三天到达宜山。他们以欧战时德国教师的话为信条：一切战争胜利，均可以在课堂内得到；战场胜利，不过是课堂内所研究的理论。苦旅既可锻炼体魄，训练团体，还是深入民间亲冒矢石的途径。学生采写的文章和时事新闻都刊登在《浙大日报》上。建德和泰和都是小地方，没有报纸。而前方战场消息，国际国内形势，都是大家急于了解的内容。浙大为了让师生知晓时事，以壁报代替报纸。安顿下来后，以自备设备，刻蜡纸油印，让《浙大日报》弦歌不辍。报纸内容一半来自收音机收听到的消息，一半刊载校内新闻、师生论著选登、募捐消息以及资金去向等等。在颠沛流离中，别的事时断时续，《浙大日报》却从未中断。住在泰和乡间，看见的是青山绿水，听见的是鸟语虫鸣，遇到的是村妇与农夫，仿佛世外桃源。

《浙大日报》的存在，可及时提醒浙大师生，敌机在哪里轰炸，铁蹄下的同胞如何忍惊受辱，前方将士又是如何奋不顾身，甚至杀身成仁。它在提醒身在后方的人自省，你在做什么，你是怎样的国民。平时不好意思说的大词官腔，在国破家亡的威胁下，说出来自然而然，真诚得像老人把饭叫饭饭，把糖叫糖糖，把瓜子叫米米，把花生叫豆豆，淳朴，不懂世故，或者压根就很绝望。本来就是读书人，不良嗜好几乎消失殆尽，且能最大限度地影响所经之地，使同仇敌忾之气弥漫在生活与交往之中。竺可桢阐释浙大校训"求是"时说："在国家经费困难的时候，还要一年费数百万来培植大学生，这绝不仅仅是为了想让你们得到一点点专门学识，在毕业以后可以用于自立谋生。战场上要的是青年生力军，不叫你们到前线去，

131

到枪林弹雨中过日子，而是让你们在后方，虽然各大学校的后勤不能像平时那样丰富，但是无论如何，你们总有三餐白饭可吃，有八小时可以睡眠，比前线的将士好得太多。"众人听着不再是校长的训话，而是父亲谆谆教诲，眼含热泪地听，直至生命垂危也无法忘记。并非校长一个人的话如此，其他先生，胡刚复、梅光迪、朱生豪、苏步青、郑晓沧、王琎、张其昀，无一不是大先生。他们"独立不阿，遇事不为习俗所囿，不崇拜偶像，不盲从潮流"等语深入人心，毫不造作。这是不幸中最大的幸运，是节节失败中永远不会消失的希望。

从泰和到宜山比从建德到吉安从容。七月初组建迁校委员会。在吉安已经举行毕业考试和新生招考，迁委决定利用暑假分批西进。李絜非和滕熙传回查勘报告，依据查勘报告，图书仪器从赣江、北江、西江水路进入广西。师生由赣湘公路、湘桂铁路进入广西。师生，包括步行团都很顺利，惊险居然是不会说话不会动的图书和仪器。考虑到图书仪器的安全，迁委决定从广东走水路，水路比陆路慢，好处是运费低，并且不容易成为敌机袭击的目标。因为一般不会用船运输武器弹药，汽车则极有可能被误炸。由于雨量不足，河水比较浅，同时还有三个机关也要走水路去广西，大家争着雇船，浙大将图书和仪器分三批进行运送。第一批出发后一个半月，广州突然宣告落入敌手，浙大26吨图书和仪器，三百多件行李刚运到三水。广州陷落后，敌人舰艇四处扰袭。有消息传到宜山，说浙大雇佣的船遭到袭击，图仪和行李损失惨重。竺可桢等心急如焚，电报询问负责押运的胡凤初，胡回了两个字：不实。天上有飞机，水上有敌人舰艇，确实危险。胡凤初等人将船系在一辆有机械动力的驳轮上，顺利到达肇庆。最大的麻烦是第二批第三批。广州沦陷让粤北极不安定，浙大图书和仪器一部分在广东韶关，一部分在江西大庾，进退两难。迁校委员会不敢犹豫，必须当机立断，决定将韶关的图书仪器从武江运到广东北大门乐昌，再由乐昌走铁路经郴州到衡阳。在大庾的图书和仪器则原舟返回泰和，走樟树，由浙赣铁路去衡阳。两批图书和仪器两个月后在衡阳会合。装车从衡阳运到桂林，从桂林走漓江到阳朔，从阳朔汽车运到柳州，从柳州再走龙江水运到宜山。用时四个月，图书仪器一件没丢，只有四百三十四件学生行李滞留在广东四会县三个月，第二年春天才运到宜山。

从历史来看，迁徙不过是一种紧急措施。浙大师生听说西南联大迁徙时有军人护送并不羡慕，他们不仅凭借自己能力，还凭行动中激发出来的前所未有的潜力重新认识了自己。长途跋涉让他们从身体、心理以及灵魂发掘出超常能力和创造性，这是一种修炼，这种修炼将成为一种信仰。

宜山在唐朝才开始建县，此前是化外山川，蛮烟瘴雨，自古有"宜山宜水不宜居"之说。当地缺碘，容易得大脖子病。浙大师生住进宜山后才发现，不宜居还不完全因为地瘠民贫，也不是大脖子病，是从天而降的炸弹。从杭州到建德再到泰和，其间南开、中大、湖大、厦大都被炸过了，就浙大没炸。在杭州时，敌机多次经过学校上空，以为刚修好的地下室哪天会变成公墓。但是没有，其间只被敌机扫射过一次。经过金华玉山时有炸弹，但目标不是浙大。与其他大学相比，浙大一直离前线最近。在泰和时，轰炸机尽管在天上飞，操场上的学生照样打球，农学院的学生照样在田地里栽培。这给大家造成一种错觉：浙大不会挨炸，在杭州都没炸嘛，放心，轮不到我们。一九三九年二月五日星期天，十余架双发动重型轰炸机飞到浙大宜山校区上空盘旋，一个小时之内，丢下一百二十一枚炸弹，有燃烧弹也有爆裂弹。这是地毯式轰炸，就是要把轰炸圈里的人全部撕碎，毁坏程度远远超过其他被炸过的大学。对野蛮怀有侥幸心理的人本应以吃到最大苦头为苦，奇怪的是，全校一千五百人，只有两个人受轻伤。他们一个被炸弹波推下水，一个被炸弹掀起的泥土埋掉。教授们不禁摇头：真是一群幸运的孩子。马达声远去，飞机的影子还没消失，他们已经从江边的岩洞里钻出来，从泥土里爬起来，从庄稼地里跳出来。有人手里还抱着书，飞快地往宿舍跑，去救火，去看还剩下哪些东西。二十多间房屋着火，仅有的一架钢琴被炸成碎片。火焰浇灭后，大家仍然莫名其妙：为什么要把应该在杭州丢下的炸弹留到现在呢？有人只剩一身衣服，书籍和棉被被烧成灰。没有人为此感到恐惧和沮丧，《大公报》记者秦明在《浙大的光荣洗礼——一百二十一个炸弹的面积轰炸》一文结尾说："年余来，'为什么我们偏偏不被炸'的问题，如今已得到美满的解答。这两天听到学生自治会主办的少年班和妇女班的救亡歌声分外有味，所有的人都比以前高兴了，连杨柳也绿了，桃花也开了。"

向来温文尔雅的竺可桢在谴责日军的灭绝人道时，一拳砸在桌子上："日寇若以为用此种狂炸不人道之行为，以摧毁我国高等教育，威胁中国屈服，则徒见其心劳日拙，结果必定适得其反。"

学生的快乐像盛开的花朵，映带周遭空气和行为。到宜山不久的丰子恺拿敌机来与不来和王星贤打赌，不来丰子恺请客，来了王星贤请客。丰子恺愉快地在日记里写："而警报竟不来，晚间买酒肴请客，畅饮尽欢。"王星贤是马一浮的随侍弟子，梅光迪是马一浮的忠实拥护者，马一浮的讲座他从不缺席，王星贤有酒喝定会叫梅光迪一起。丰子恺不喜欢马一浮给浙大写的校歌——大不自多，海纳江河，惟学无际，际于天地。形上谓道兮，形下谓器。礼主别异兮，乐主和同。知其不二兮，尔听斯聪。

后面还有一堆堆，这么深奥，哪个听得懂嘛。想说又长又怪，难以传播，碍于王星贤的面子没好往下说。梅光迪一听就不同意丰子恺的意见，"哪要一听就懂，多唱几遍，往心里去，哪有不懂的"。丰子恺遢了一句，"难怪适之不懂你"。梅光迪回家后在写给妻子李今英的信里说："我就服膺湛翁（马一浮号），功名之士与政客岂可同日而语。"功名之士、政客、诡辩家、模仿家是梅光迪曾在《学衡》杂志里对胡适的圈定。

梅光迪平时不爱唱歌。马一浮作词的校歌谱曲后，他带头哼唱：……兼总条贯，知至知终，成章乃达。若金之在熔。尚亨于野，无吝于宗。树我邦国，天下来同。

要融会贯通，掌握知识的源流和实践运用，日后才能成功。如真金经过熔炉的冶炼。要胸襟宽广，不偏守门户和宗派之见，努力振兴祖国，使世界各国人民和谐共处。

这是做人和做学问的标准，也是他和同道的愿景。

然势不如人意，除长沙会战取得胜利，大半战场始终处于下风。一九三九年一月至十二月，日军相继占领海南全岛，南昌陷落，在浙江定海登陆，在汕头登陆。一年前，迁委已派张其昀、张孟闻、张清常三位教授入黔考察。其时竺可桢到云南出席"中央研究院"会议，云大校长熊庆来建议浙大迁到云南建水。建水离前线很远，安全。竺可桢在新年后去重庆出席全国教育会议，途经贵阳，省政府主席吴鼎昌热情接待，希望浙大来贵州，特把安顺、修文等地县长叫来协商。其他县长都持欢迎态度，只有息烽县县长的话让竺可桢觉得难听："敝县人少地少，实在供养不起浙大这么大一个单位。"好在也有让他如沐春风的邀请，省公路局局长宋麟生来省政府递报告，他是湄潭人，得知商议内容，极力邀请竺可桢去湄潭考察。为了说服竺可桢，特地请他和警察局工作的两位湄潭老乡陈世贤、陈世哲见面。两兄弟说："校长，湄潭是个好地方，浙大要是能去湄潭，全县父老乡亲都会欢迎。"竺可桢两次路过遵义，觉得遵义交通更方便。宋麟生说："遵义当然也好，但没有湄潭好，湄潭不仅风光好，物价还特别便宜。"

"你相信缘分吗？校长。"宋麟生问。

"我没研究过。"

"我去给吴主席送报告，还没进屋就听见你的声音，我就想，我喜欢这个声音，我跟他一定有缘。"

竺可桢忍不住笑："这么神奇？"

宋麟生将此事报告给老家县长，县长立即写信给竺可桢，切盼浙大入住湄潭，他将把县城最好的房子给浙大选用。竺可桢答应参加完教育会议后，回程时前往考察。六月中旬，重庆已热，黔北一带还算凉爽，竺可桢率胡刚复和张孟闻到湄潭查勘。去湄潭的路上印象并不好，没有公路，竺可桢一行人只能坐滑竿，80公里，走了两天才到湄潭。县长严溥泉是江苏人，曾留学英国，浙大师生中江浙人极多，他把他们当亲人。竺可桢还没到，他已动员本县士绅进行调查，绘制县城略图，成立欢迎浙大迁湄协助委员会。竺可桢一行离湄潭还有 1.5 公里，严县长已率全县二十一个团体出城迎接。竺可桢想起宋麟生说的缘分，确实有见到有缘人之感。

回到宜山后，张其昀认为应该迁建水，他去建水查勘了，建水不但物价便宜，且山水和杭州颇有几分相似。这一点特别吸引浙大师生，他利用总理纪念周活动，向师生讲"建水之地理与人文"，一时让人向往，恨不得马上就迁过去。宜山正流行痢疾，已有师生殒命，一时人心浮动，很多人都想走。

竺可桢同意将建水作为备选地，同时还有贵州安顺，这是教育部给出的方案。但不到万不得已哪里也不去，重庆教育会议上，教育部已明确规定，迁校须经教育部批准。有教师因不满迟迟不去建水提出辞职。竺可桢一个也不留。梅光迪认为应该尽量挽留，现在正是用人之际。竺可桢说："人各有志，我都想辞职呢。"担任校长以来，他已三次提出辞职去搞气象研究，教育部不批。竺可桢和梅光迪在文庙前面散步。妻子去世后，竺可桢独自带着三个孩子。梅光迪在宜山也是一个人，浙大第一次西迁时，梅光迪妻子李今英去上海生孩子，她姐姐在上海，以便坐月子期间有姐姐照顾。上海沦陷，她只好带着孩子去香港。两人都单身，在一起散步次数比以往更多。

竺可桢说："云大熊校长一直在招兵买马，龙云对他不错。"

梅光迪说："疾病和死亡，让不少人不再遮遮掩掩，不惧怕暴露真面目。"

"要办好一所大学，师资确实是重中之重。"

"我下周去重庆开会，我会利用参议员身份多找些人谈谈，邀他们来浙大任教。"

竺可桢赞赏地点头："还请去教育部咨询一下，到底迁哪里，建水和贵州方案都已呈报。"

梅光迪在重庆见到敌机对重庆的轰炸，惨烈远超过宜山，被炸死民众四千四百五十人，受伤三千一百人，被烧掉的房子一千三百五十栋。这没影响他为浙大寻找教授，通过学衡派关系密切的朋友联系了三十多人，有十一位愿意到浙大任教。教育部批准浙大必要时迁遵义。理由是遵义在重庆南出黔桂要道上，距重庆只有200多公里，汽车一天可到，迁到遵义后两地联系更为方便。

宜山气候变化剧烈，外地人大多受不了。瘴疬像个蛮不讲理的泼妇，想泼谁就泼谁。建德两个月，吉安一个月，泰和八个月，宜山已有一年零四个月，告别的时候到了。一九三九年十一月十五日军第五师团在钦州登陆，粤桂国际交通线有被切断的危险。二十五日南宁失守。地面部队和炸弹对人造成的恐慌大不相同，炸弹可以躲，地面部队则像瘟疫，让人无处躲藏。师生对宜山安全产生严重怀疑。学生自治会要求停课迁校，还要求增加助学贷款。贷金可以商量，停课没有商量。为了避免混乱，竺可桢在学校行政会上宣布："照常上课，如果敌人到达宾阳，我们立即出发，前往贵州。"

他没想到，当他五号去图书馆看报，发现阅览室一个人也没有。问管理员是何原因，管理员回答说教员告假。"有多少人告假？""十六人。"顿时他感到沉重、无奈、艰涩。

新年到来，没看到新气象，只看到一种落荒而逃。"走吧。"竺可桢下令。

遵义房子安置不下全校师生，遵义到湄潭的公路又不通。只好把一年级师生暂时安排在距离贵阳45公里的青岩古镇。到六月，遵湄公路通车，农学院立即迁到湄潭。九月，滞留青岩的一年级师生迁湄潭永兴。一年级学生中，有一个学生给当地人留下深刻印象，安静，微笑，读书专心，他叫李政道。理学院、师范院理科迁湄潭县城。文学院、工学院、师范学院文科和浙大本部留在遵义。

浙大终于安顿下来，在遵义、湄潭办学六年。

从一九三七年八月四日到一九四〇年九月，三年零一个月，一千零六十天。浙大在遵义安顿下来后，竺可桢在日记里只写了一个数字：2600。这是从杭州辗转到遵义的距离，2600 公里。

和往常一样，浙大迁到哪里，历史地理系教授张其昀都要给全校师生讲解当地历史地理。张其昀告诉他们：遵义一词来自《尚书·洪范》：无偏无陂，遵王之义。唐贞观十六年（公元 642 年），朝廷将播州所领罗蒙县改名遵义县，遵义一词从此沿用至今。而湄潭一词始于明万历二十八年（公元 1600 年），明朝设置湄潭县。县城东面有水从玉屏山北面流来，江水绕城流淌，与湄水桥的水颠倒汇合形成深潭，江水弯环如眉，江水因此叫湄江，县名也由此叫湄潭。

埋骨黔灵山

竺可桢看见几个年轻人走进灵堂，有点吃惊。正要出殡，这是什么人？他一个也不认识，但他们全都认识他。他们是浙大文学院学生，校本部举行梅光迪追思会结束后他们就动身，步行来贵阳参加院长葬礼。156公里，真正的风尘仆仆，每一根头发上都有灰，又粗又软，像晨霜中的菟丝子。

"我在路上没看见你们呀。"竺可桢说。

"我们看见您坐的车了，我们尽量抄小路。"

"辛苦啦。"

"校长，能让我们给梅院长抬棺吗？"

抬棺的人已有安排，从普陀桥雇来的"金刚"。竺可桢走到屋角和李今英商量，"金刚"的功德钱照付，抬棺让给浙大学生。"金刚"头听了觉得这没什么大不了，但功德钱不能全收，只收一半。"金刚"们离开后，浙大学生分别上前鞠躬。十点发丧，贵州省教育界、政界，原中大毕业生、浙大毕业生依次绕棺。竺可桢、浙大教授王驾吾、训导长黄尊生、贵大校长张梓铭致辞，李今英读祭文《哭迪生》："……结婚十八年，英以兼课于外，未能专力家务，又素不善烹饪，未能使子饮食适意，是英之过也，何以对汝。我等之结婚，子尚忆乎？子所持之理由，为工作上需余帮助，余遂不顾一切，以为可为学问牺牲，为子工作牺牲，为人类之高美生活牺牲，又安知为生活奔驰，竟未能助子于万一也。"

李今英责备自己不会做家务，不擅长做饭。其实抗战以来，两人聚少离多，李今英在香港照顾孩子，梅光迪和浙大一起颠沛流离。何况李今英自己也曾留学于后来并入哈佛的拉德克里夫女子学院。作为女性知识分子，她的付出远远超过男性。在香港期间，她不但要想方设法让孩子入学，自己还要努力工作赚钱养活他们。为了成为知识女性，她付出的辛勤远非常人可比。一九二〇年，中国公立大学首次招收女生，李今英从广州赶到南京报考南京高等师范学校。她只会说英语和一点点粤语，在南京站下车后茫然四顾，吴侬软语一句也听不懂，幸好得到一位懂英文的年轻男士帮助才顺利住进酒店。考试已于前一天开始。她从广州乘客轮到上海，再从上海乘火车到南京。天气恶劣，客轮在海上耽搁了一天。她不想放弃，向主考官苦苦哀求，她只获得同情，没人敢破坏规矩让她参加考试。绝望之际，遇到毕业于爱荷华农业大学的番禺人原颂周。原教授据理力争，校方终于同意李今英考试，如果考得好，前面没考的内容可安排补考。考试结果要等二十天，见金陵女子大学正在招生，她立即奉上自己简历，很快通知可以面试，并且很快拿到录取通知书。金陵女子大学是私立大学，学费不低。得到南京高师补考资格后，她继续参加考试，分数出来后松了口气。南京高师是国立，学生不用交学费。国立南京师范不久改办成综合大学，名字也改，叫东南大学。梅光迪其时在东南大学讲授西洋文学，两人在这里相识相爱。

"尚忆在美时，有交换教授政府人员带玉器或刺绣卖换美金。家况困难时，英曾带笑带真谈说及此，子蹴足怒曰，让全世界有一人非为金钱而来美！"

这说的是两人在美国结婚后，梅光迪在哈佛任教，李今英尚在攻读学位，家庭收入原可以维持两人生活，但梅光迪有一个兄弟和两个侄子在上海读书，学费一直是他出，这使得家里窘迫到连买菜的钱都没有，梅光迪无奈之下忍痛拿几本旧书去卖。李今英是广东人，父亲原本做进出口生意。李今英从广东进些象牙和玉器到美国来卖并不难。梅光迪安贫乐道，视金钱如粪土，对李今英的建议大发雷霆。养家对女人来说是具体的长久的事情，艰难常常说不出口，这是身为女性又一大繁难。繁难只能靠自己消化。

"英亦非善于筹划生计者，以后虽人口加增，弟侄学费担负日重，亦不敢再提此种事矣。"

工作目的不是为了赚钱，但你得为很多不得已的事情而活。

"近年来，以为总有一日可脱离教务，暂停授课，半亩田园，可以安心著作。呜呼迪生！检阅遗稿，著作计划按年编月……天竟不假年以竟其志乎！"

田园生活，是多数知识分子最后的梦想。时局越动荡，这种愿望越强烈，真得到这种生活的人并不多。梅光迪还有两年退休，退休后写作十年，七十岁后写或不写不再重要。这让李今英遗憾，也让对梅光迪期许很高的人遗憾。李今英想要的，不完全是梅光迪写出多少本书，而是安度晚年，好好过几年平稳生活。七七事变后留在香港，一九四二年香港沦陷，李今英带着儿女辗转到达遵义，一家人在一起仅仅生活了两年。又因日军入侵贵州，为了孩子上学，同时亦为了避嫌，李今英和孩子们去了重庆。两人结婚十八年，在一起生活的时间只有区区九年。

"迪生迪生，愿子平平安安，魂升天国，无忧无虑，安心休息。汝之子女，必不至于辍学，汝之老母，必不至于冻馁。在天国稍待，英不久亦至矣。夫复何求，呜呼痛哉！"

祭文读完是抬棺。浙大学生上前，双手捧起棺材。棺材是按欧美标准制作的箱式棺材，板子薄，又轻又香的松木板，只比中国的棺椁稍大一点。中国人的棺材多用重木，杉木五百斤，柏木八百斤，楠木上千斤，一般以八人抬、十人抬，甚至十六人抬、三十二人抬。即使没那么重也要抬的人越多越好，表示死者很"重"，比活着时重。箱式棺材只要四个人，总重百余斤，几个浙大学生换着抬，倒也不难。大部分人送到六广门外告别，竺可桢、王驾吾、黄尊生及浙大学生和李今英母女送往黔灵山。北门外是一片桑树林，桑树边上有一棵水杉，笔直挺拔，在寒风中格外有魅力，大家不约而同将它和梅迪生联系在一起，高雅、仁慈、勇气、纯朴、细腻、精巧、分寸、高贵，这才是他的真实形象，而不是躺在棺材里瘦得皮包骨头的遗体。他不在棺材里，他在你能看到的所有美好中，这美好散发着痛苦无法抹灭的智慧和柔情。

雪花飞舞，贵阳的雪是极庸俗的，特别喜欢粘在人脸上。走路倒也不冷，走到白象山脚下，山路一下变得非常陡。棺材不能再用肩膀抬，得用手抬，稍宽处其他人也可帮忙。这么帮忙其实是添乱。多数路段又窄又陡，路上枯叶特别滑。枯叶下面是沙子，叶子没被踩实，枯叶主要是松针和青冈树叶，拒绝被踩，如果你滑倒，那正

143

是它们梦寐以求的。山林如此温柔却又如此自负，像小心眼的知识分子。不过最麻烦的是隐藏在枯枝败叶下的石头，无论你不小心踩中它，还是踢到它，它都会不耐烦地回敬你一下。这是附近的人上山砍柴的路，砍柴的人不怕落叶也不怕石头，他们怕的是扛到洪边门的柴卖不起价。洪边门一半人烧柴，一半人烧煤。

转到白象山后面，有一块洼地，不大，三条长臂似的山脊从山顶逶迤下来，在山下相交，根部挤出一块洼地，贵阳方言叫"躺躺""躺坪"，不是躺下，意思是摊开，一块摊开的地方。雪花落不到洼地上，在半空中化掉了。地下叶子也很少，浅浅的草比别处茂盛，既暖和又安静。竺可桢让学生把棺材放地上，大家休息一下。其中一个学生说不行，他知道的风俗是下葬途中棺材不能落地，"落地为坟"，在哪里放下就要埋在哪里。贵大校长证实，贵州确定有此风俗。

竺可桢问："为什么？"

抬棺的学生："如果落地，说明是逝者有意，是他想留在这里。"

"决定权在活人手里呀。东坡兄弟扶棺回乡，十个月行程，途中不放下休息？如果途中都放下休息，在家下葬时不能落地，这不是自欺欺人吗。"

李今英听见后说："大家都走累了，放下吧。迪生不在棺材里，他在天国，放下吧，放下休息一下。"

师母都这么说，没有理由不放下。抬棺的同学说："好吧，放下，放下，我们放下。"

王驾吾笑着说："放下好，放下是佛法，拿得起放得下。"

小儿子梅本修因年纪太小留在遵义，老大梅仪慈、老二梅仪芝、老三梅仪昭都来了。大女儿十八岁，老二老三十四岁和十二岁，来到仙境一样的森林里，两个妹妹很快忘记悲伤，在草地上追逐，捧起树叶杂草撒向对方，故意挑逗对方你追我赶，尖叫声穿透林梢。梅仪慈想要制止两个妹妹，被母亲制止。

"让她们玩。"

竺可桢提起胡适打过的赌："我倒没想过要在他尸体上踢两脚，从那以后一直注意锻炼却是真的。思想与肌肉，多予训练都能发达，有很多事，我都是在锻炼时想清楚的。虽然适之打赌我没他活得长，我还是很感谢他的。"

黄尊生点了点头："胡适和迪生，他们的关系曾经比任何人都好，他们之间通过上百封信。可见解不同，最终分道扬镳。一九二六年，两人在巴黎相遇，梅光迪请胡适吃饭，胡适爽约，说自己临时忘了。其实是他对梅光迪的印象不太好：别后两年，迪生还是那样一个顽固。第二年胡适访问美国，光迪也在美国。因一年前胡适负约，梅光迪不愿和他见面，写信给胡适说：'你始终拿此俗眼光看我，脱不了势利观念，我只有和你断绝关系。'其实，并不是因为吃饭，是两人朝各自的道上越走越远。"

李今英说："迪生没有错，总有一天我会当着适之先生的面把这话说出来。"

休息半小时后上山，小路仍然陡，但不远，很快就到公墓。掘墓人是昨天联系好的住在鲤鱼田的两个农民。腐殖土只有十余厘米厚，下面是新鲜黄泥，再下面是黄泥夹半风化石子。只挖了三十厘米就挖不动了，再挖得用十字镐和钢钎。用十字镐和钢钎得加钱。竺可桢问加多少钱。黄尊生说："校长，可以了，不能再挖了。不是钱的问题，入土为安嘛。"竺可桢是一个认真的人，看着黄尊生，总觉得这一句不能服人。黄尊生赶紧说："你们看，刚才挖出来的土是生土，上万年没动过，把石头挖松了反而不好。校长您说过，严谨整饬，毫不苟且，再挖就过了。"

李今英说："我也觉得可以了，迪生为人不偏不苟，能放下棺材就行。"

棺材放进去后，牧师撒第一把土，李今英撒第二把土，竺可桢撒第三把土。竺可桢撒土时叮嘱："迪生，我还有一件事要说，不要再和适之赌气，没必要。你们曾是最好的朋友，我相信当他知道你躺在黔灵山，一定会对失去你的友谊感到心痛。安息吧，迪生。"

南门桥

南门桥

　　翠微巷路口有家炒货店，炒葵花、花生、南瓜子，两三个人在板棚里忙碌，或炒或簸或筛，或过秤或叫卖，这种热气腾腾跑到巷子里，整个小巷生机勃勃。任何一个情绪低落的人只要放松身心看上几分钟就会被热烈的场面治愈，往下撇的嘴角即使不能上翘也可拉平。嗑几粒刚出锅的瓜子，烦恼至少可以消除一半。

　　雪隐住在石岭街，去文化路得从炒货店前经过。没戒烟之前，他除了赞叹炒货店生意好，很少买。从戒烟那天起，他每次路过都要买半斤原味瓜子。刚开始是为了让手指像蚯蚓觅食一样把摸烟改成摸瓜子。拈一颗出来，嗑开，细嚼，像长辈一样语重心长地提醒自己：你正在戒烟啦！蚯蚓没长眼睛，在土里拱来拱去从不迷路，手指头也没长眼睛，却知道烟在哪里，打火机在哪里，有时大脑并没指挥，它已殷勤地替他把烟点上。大脑要等他吸上一口才想起手指，手指像受到表彰的小人物一样，两个指尖互相搓搓，及时地把他含在嘴上的烟拿开，以便他缓口气抽第二口。让手指习惯上摸瓜子，他花了八个月时间。现在，他对瓜子有了小小的瘾头，不过没关系，瓜子瘾和烟瘾不可相提并论，如果烟瘾的力量是一头狮子，瓜子瘾最多算一条哈巴狗。

这天他正在买瓜子，合伙人老谢康打来电话，激动地告诉他，有人愿意为千翻赞助一笔钱。雪隐不如老谢康激动，他"嗯嗯啊啊"敷衍。

"老雪隐，你是不是不相信？"

"当然相信，这是好事，好事。"

老谢康像遇到扶不上墙的烂泥，懒得和他计较。"你快点来，我们好好商量一下节目，赞助人要看了节目才给钱。"

老谢康不老，他们是中学同学，上学时看了《麦田里的守望者》，学霍尔顿在同学的名字前加个"老"字。

有赞助当然好，不过现在高兴未免早了点，钱到账再高兴也不迟。"千翻"是剧场的名字。"千翻"是土话，包含聪明、作怪、捣乱、讨嫌之意。去年以来，千翻演出了连水电费都不够的几场戏，房子若不是老谢康他父亲当年出资买下，他们早该散伙各奔东西了。剧场已不再卖门票，卖不动！主要用来排练，收入靠参加大单位活动。活动劳务费不低，恼人的是空闲时没活干，活太多时没法分身。

翠微巷又窄又短，宽大的新华路像树干，翠微巷则是新华路向东伸出的枝条。翠微巷往北二十余步就是南门桥，钢筋混凝土结构，由六个桥拱组成，桥拱与水中倒影相连，因水位变化时而溜圆，时而椭圆。雪隐走到桥下，钻进泄洪桥孔兼人行通道。钻进去是"入相"，从另一边爬上来是"出将"。出将入相可避免过人行横道。人行横道并非不安全，而是过人行横道的紧张感，犹如社恐患者抑制不住焦虑，即使没有车经过也会担心意外。有时候走得太快，站

149

在桥头不由自主回头看一眼，看灵魂有没有跟上来。老谢康老喜欢咋咋呼呼，灵魂还没跟上来就做事，一点不沉稳。吃一堑生一次气，智慧一次也没增长。雪隐有时走完大桥再穿到对面，这是一种防止陈词滥调似的行为自觉。南门桥其实有八个洞——六个水洞，两个旱洞。旱洞在两头，与傍水步道贯通。自从下决心戒烟，雪隐就从近的桥洞穿到对面。陈词滥调不好，但仅凭走不同的路并不能解决问题，刻意为之显得做作。

老谢康嫌他走得慢，他说他边走边想，并没耽搁。从南门桥过去后，既可走小巷到文化路，也可一直沿河边走。确实在思考，也确实沿着河边走，路程远不了多少，是灵魂让他脚步变慢。他觉得他的灵魂不愿跟着走，他只好不时坐下来，吃着瓜子等它。他很注意不让瓜子皮掉地上，装进沿途收到的广告纸折成的盒子里。他折叠的盒子与众不同，瓜子皮进去出不来。在千翻剧场，他表演话剧和魔术，心灵手巧。

演出主题是社区要求的戒赌宣传，老谢康的意思是好好搞，不光要在社区演，还要在其他地方演，甚至在千翻演。剧场卖不了门票，可以卖爆米花和饮料，卖老雪隐念叨的炒瓜子，赠送老雪隐折叠的貔貅纸盒。老谢康给纸盒取名貔貅，只进不出嘛。

雪隐说他想好了怎么演，保证精彩。他用三个小时制作道具。雪隐一人演两个角色，既演赌徒也演赌徒的女人，老谢康当助手。台词很简单，由赌博引起的争吵、指责，耳熟能详的市井语言，信手拈来非常鲜活，排练时自己都憋不住笑。但这不是重点，重点是赌徒听了老婆的规劝和告诫——其实是唠叨和哭诉后决定痛改前非。女人不相信他能改，类似的保证已经不知听了多少。赌徒带着委屈和决绝，手起刀落砍掉两根手指。

　　当然不可能是真正的手指，是雪隐用硅胶做的假手指，里面灌满红墨水，为了逼真，在红墨水里加了几滴黑墨水。颜色接近，浓稠度大不相同，但戏剧效果比真正的血还好。胳膊下夹了一个装满同样内容的吹灰球，轻轻一夹，"断指"再次飙血，为了效果可飙三次。伴以女人的尖叫，赌徒不以为意地飙血，剧情到达高潮。

　　老谢康建议在千翻剧场试演，看看观众的反应如何，再综合大家意见修改。雪隐觉得这是废话，平时不也这么做嘛。不管什么人，相处太久总能发现不对味的弱点，但不必点穿，疥癣之疾而已，自己在老谢康眼里怕是毛病更多。

　　雪隐正准备坐下来安心吃瓜子，赛车咆哮声突然响起。这是老谢康的手机铃声。电话是他妈妈打来的，住在医院的父亲吃不下东西，昨天今天吃什么吐什么。老谢康说："妈，我马上来。"他顺手从桌子上抓起头盔，从剧场旁边的巷子里推出摩托车，咻哈咻哈，轰轰、轰轰，像骑烈马一样冲到大路上。老谢康发动摩托时，雪隐也说要一起去。老谢康却说不用。雪隐追着背影大声喊慢点。

　　老谢康的梦想是当个赛车手，偶像是舒马赫。别的小朋友抢遥控器看动画片时，他只看世界一级方程式锦标赛（F1），小小年纪就能分清法拉利、迈凯伦、梅赛德斯、本田、丰田。妈妈说，有什么看头呀。他的回答是尖叫。二十出头，知道这辈子上不了F1赛场，只能用手机铃声和一辆拉风的六眼神魔过瘾。这辆摩托是弹射起步的，冲劲十足，出发时像炮弹射出去。从 0 加速到 300 公里每小时只要 7.7 秒。妈妈每次看到他骑上去都心惊肉跳，他干脆把摩托放在千翻剧场，再也不骑回家。即便如此，雪隐总要喊一声慢点。

有没有用是一回事，喊不喊这一声是另外一回事。

老谢康赶到医院，父亲的检查结果出来了，药物性黄疸。医生说修改用药方案应该能够得到缓解。老谢康叫妈妈回去休息，他来陪爸爸。妈妈比爸爸小二十多岁，爸爸住院一个月，妈妈一下变老，和爸爸的面相越来越般配，老谢康一阵心酸。只有雪隐叫他老谢康，别人叫他谢康乐或谢总，爸爸妈妈叫他乐乐。妈妈说："乐乐，我没事，你去忙你的。"

老谢康说他要和爸爸聊天。

他平时很少和爸爸聊天，甚至连爸爸也很少叫，当面背后都叫他老爷子。父亲住院后，他一改玩世不恭，当面叫爸爸，和人说到时以"我爸"指代。

晋人谢灵运继承祖父爵位，被封为康乐公，谢康乐是他的别名。谢爸爸很喜欢这位山水诗鼻祖，临摹过明朝画家的《谢灵运像》，儿子还没出世就已经想好给他取名谢康乐。

谢爸爸往常喜欢聊贵州的画家，或评头论足，或回忆他们的轶事。最近几年却喜欢刷抖音，尤其是住院以来，抖音占据除吃药打针外所有时间。被病友抗议两次后，老谢康给他买了耳机并提醒他随时戴上，以免声音打扰到别人。老谢康说要陪爸爸聊天，是想把他从抖音里拉出来。但是他失败了，以前他不喜欢听爸爸聊，现在爸爸没兴趣和他聊。雪隐打电话问老爷子如何，他就这事和雪隐聊了半天。

"我发现什么东西都在生锈，水管、螺丝、相框，连鸽子的爪子都在生锈。"雪隐说。

"最近雨水有点多。"老谢康说。

"和雨水无关。"

"污染？"

"不是，我是说我们都老了。"

"我也觉得。"

两个即将年满三十的人在电话里笑了起来。

"你想放弃吗？"笑完后老谢康严肃地问。

"坚决不。"雪隐说。

雪隐说的"锈"是花粉，在三月、四月、五月这三个月里，整个贵阳花粉弥漫，它们来自图云关森林公园、黔灵山公园、顺海林场和环城林带，赤松、湿地松、火炬松，它们大大咧咧地将花序举在空中，让成熟的花粉御风而行。花粉在阳光里看不见，却和光同尘无孔不入，桌子三天不擦，就能堆得有三张A4纸厚，颜色如同黄土，摸着像细沙。雪隐故意把它说成锈，是想借通感表达自己的感受。他所指的老不完全是年龄，而是老气横秋，朝气被看不见的"锈"抹杀。

这"锈"来自生活的意外和不可把握。

老谢康说，即使不聊天，他也要在医院多陪爸爸两天。

"应该的。"雪隐说。

试演放在一个周末。雪隐亲自设计易拉宝。

谐剧：赌徒的忏悔

免费观看

可自带零食和饮料

老谢康的第二个梦想是当演员，电影电视里那种，他觉得不是自己演得不好，而是没有机会。在一部不太有名的电影里，他演过一名开车逃跑的犯罪嫌疑人。觉得不过瘾，却再也没人来请他。雪隐不同，他只对话剧感兴趣，毕业后没去剧团而是靠关系去信访局当接待员，别人羡慕他找了个好工作，他干了两年后坚决辞职。他重新考剧团没考上，遇到老谢康后决定自己干。常日就他和老谢康，需要人手时请艺校学生或志愿者帮忙。老谢康相信还有机会在镜头前表演，雪隐则认为话剧才是真正的艺术，古老而又常青，期待有朝一日去大剧院演一场真正的话剧。比如《撒勒姆的女巫》，他为这部戏准备了好多年。

试演这天空气不错，下了阵小雨，花粉被淋湿后没能进城，雪隐买好瓜子往巷子里走，绕道甲秀楼。水云天酒店外面有棵大樱桃树，红宝石般的樱桃密密麻麻，因为樱桃酸，也因为人的自尊自重，直到熟透都很少被摘。雪隐觉得很好，种在闹市的樱桃就应该这样，种来看不种来吃。这给了他好心情，表演时格外放松。

观众来得比预计的多，十排坐了七排，虽然每排两头位置没坐人，打眼望去人头攒动，须知只在朋友圈推送了一次。

老谢康设计了一款小视频，把与赌字有关的词做成跳动的小鬼，从黑暗深处跳出来，越来越大越来越近，狰狞一笑做吞噬状，然后消失。

赌徒、赌鬼、赌神、赌气、赌局、赌家、赌色、赌钱、赌债、赌棍、赌友、赌博、赌资、赌贼、赌账、赌本、赌窝、赌场、赌术、赌注。

最后出来的是"贝"和"者"。篆体，"贝"字像胸骨，"者"字在燃烧。视频一放，喧闹的剧场顿时安静下来。

雪隐化阴阳妆，左侧是男人，右侧是女人。亮相后回到后台。音响里发出洗牌声、数钱声、得意声、抱怨声、哀叹声、吵闹声。声音戛然而止，雪隐侧脸出来，亮女人相，嗑瓜子，灵巧地把瓜子皮吹出两米远。

谢爸爸买下房子，是想儿子走投无路时用来开个超市或餐馆。在谢爸爸眼里，儿子早就走投无路。得知他用来搞剧场，气得直哆嗦。若不是妻子开导，"不怕，房子还在"，他会不会晕倒在地，全看从四肢向中心聚拢的颤抖何时到达脑部。妻子一边拍一边劝，将这股怨气及时纾解。

老谢康对爸爸的评价是：他不懂。

谢爸爸对儿子的评价是：他什么都不懂。

雪隐的演出一看就懂，一点也不复杂。在赌徒对天发誓、痛改前非、不被信任、手起刀落之前，雪隐将女性冷静的脸转向观众，老谢康在幕后发出疑问："你为什么不相信他？"

"我不是不相信他，我是不相信人。"

绝望的赌徒将手指放在桌子上，然后大义凛然地一刀砍下去。

高潮：

雪隐将"断指"面向观众，胳膊暗中用力，让气囊里的"血"飙向观众席。追光灯追着飙血，从空中追到地上，让观众看到地上泛出血光。再镇定的人也会胆寒毛竖。

结尾是赌徒的女人一边指责一边送赌徒去医院，雪隐揭下手套，以示这不过是魔术，他的手指并未砍掉。

他在挤第二次血时，观众席上一位女观众被吓坏了，痛苦地叫了一声，没等他表演完就晕倒了过去。剧场里顿时一片混乱。

雪隐茫然地站在舞台上，下垂的"断指"在滴血。

老谢康从后台出来，笑着问什么情况。雪隐用滴血的手指了指下面，不小心把"血"挤出来，忙脱掉手套，和老谢康走到台下，把完整的手指亮给观众。

晕倒的人躺在椅子之间，在几个手机电筒的照射下模模糊糊。老谢康跳回去开灯。"快送医院啦！""快做人工呼吸呀！""太吓人了！"动嘴的多，动手的少。有个年轻人跪在地上捧着她的头，是她男朋友。大灯打开后，躺在地上的人动了一下，男朋友低下头喊她的名字，她微弱的咕哝声梦魇般不知所云。雪隐想来扶她，被她男朋友拒绝，"你不能再吓她了"。老谢康和她男朋友把她扶起来，她惨然不语地摇晃。老谢康说，让她坐会儿吧，休息下要好点。

雪隐到后台卸妆，卸完后出来只看到老谢康一个人。

"他们走了？"

"走了。"

"今天要去医院不？"

"要去。"

"去吧，我来收拾。"

雪隐把剧场收拾整理好才回家。回到家给老谢康打电话，问下次是不是将红墨水改成纯净水。老谢康说那怎么行，不可能每次都有胆小的观众，叫他放心。雪隐说，那就演出之前说这不是血，是道具。老谢康不同意，这会影响演出效果。

这天晚上睡着后，他几次发现灵魂从身体里跑出来，站在床头看着他。惊醒几次后心想不睡了，看手机吧。手机亮光刺眼，闭着眼睛等待适应，这时灵魂却依偎过来，让他抱着手机睡到天亮。

雪隐醒来后喝了瓶椰奶，椰奶是从冰箱里拿出来的，上了点年纪的人说这种喝法伤身体，上火。他想，我没感觉呀，何况我不一定活那么久，怕什么呢。拉开窗帘，正对面是南明塘，据说是贵阳风水最好的地方。南明塘对面是逸天城，融吃喝玩乐与购物为一体。正南方向是大剧院，离得最近却看不见，被他自己住的房子挡住了。能在石岭路买房的可不是一般人，房子是她留给他的，雪隐一分钱没出，他们在一起两年多，他的幽默和文艺气质不再吸引她，他身上的灵光在她眼里已经熄灭。她说，她很满足，但不能再这么满足下去，她得去为她今后的生活负责。她不仅能干，还总是一眼就看穿他："你做事之前想得太多，不改变这一点，你永远不会改变。"

"问题是……"

"一说问题，你就变成了旁观者，而不是台上那个拳击手。"

他其实不爱去想怎么做，因为这充满了励志的陷阱。这时老谢康微信催促："快到了吗？快点来。"

"医院吗？"他以为谢老伯不行了。

"千翻剧场。"

从下楼打车到文化路只用了十分钟。

"什么情况？"

"有人举报我们的演出暴力血腥，派出所叫我们去一趟。"

雪隐首先猜测举报的人是昨天那位晕倒女观众的男朋友，看上去文质彬彬，这种人恰恰爱使阴招。当然，也有可能是那个晕倒的女观众，她那么胆小是有病吧。老谢康看出雪隐非常紧张，告诉他不要怕，到时候实话实说。

"我们又没犯法。"

"他们为什么不直接找我？"

"我是法定代表人呀。"

雪隐想起一个故事，两个猎人打猎前约定好当天只打山羊不打野兔。他们进入林区后，山羊和野兔都在逃跑。山羊问野兔："你跑什么呀，他们今天又不打兔子。"野兔说："哪里是你说的这样，一旦到他们手里，你是山羊还是野兔由他们说了算。"

平时觉得这个故事好玩，现在却担心自己是将被当成山羊的野兔。

派出所的房子并不高大豪华，走进去时却有一种抑遏和尴尬，举手投足都不自然，担心自己言行不妥，坐下后却发现自己似乎并不那么恐慌。

接待的两位年轻民警和他们年纪相差不多。首先登记身份证，老谢康名叫谢康乐，雪隐本名杨光路。

"知道为什么叫你们来吗？"

"知道。"老谢康严重不服，"可我们没有犯法呀！"

"违不违法现在不知道。接到举报，我们得调查了解。请把那天发生的事情详细说一遍，谁说？"

雪隐向老谢康做了个按下的手势："我说。他在后台，他不清楚。"

他告诫自己不要说蠢话，也不要自作聪明。他遗憾没把砍断的硅胶手指和红色液体带来。如需要，民警可上门查看，也可由他送来检查。雪隐说得并不快，也不复杂，说完却感觉到有点累，像举着一根鸡毛走了很远的路。灵魂没有跟他一起来派出所，但他并不知道。他要自己不卑不亢，语调和表情却不听调遣。他看不见自己的表情，但他知道自己的表情并不自然。他脑子里有只小鸟，不时在他脸后面啄一下。

约翰，过来帮我一下，我们都束手无策了

在你决定猎杀魔鬼之前，为什么不开个会呢？

不经过开会同意，一个人大概都不许拔牙了

他在描述自己的表演时，《撒勒姆的女巫》的台词清晰地在脑子里播放，那只小鸟一会儿是吕蓓卡，一会儿是贝蒂·巴里斯，一会儿是约翰。

"警官，情况就是这样，如果涉嫌违法，你们可以拘留我，但请让他回去，他父亲正在住院。一切责任由我承担。"

民警让老谢康和雪隐看笔录，没问题就签字。两人都没认真看就把字签了。

"没事了，谢谢配合。"

"社区禁赌宣传还做吗？"

"这是你们和社区之间的事情。"

来到小街上，老谢康骂了句，"狗日的，要是被我抓住……"雪隐被一排石楠吸引，花像雪米一样大小，新叶鲜嫩绯红。雪隐悟道般感叹，它们才是时间的主人，时间一到就开花。老谢康报复泄愤的想法和他两个小时前的想法如出一辙，当它像接力棒似的交出去，他顿时觉得轻松了不少。"他们不会主动露面的。"雪隐暗想，但他不会告诉老谢康。"老伯好点了没有？我一会儿发个电影链接给你，无聊的时候看。"他说的是《荒蛮故事》，六个丧心病狂的故事。老谢康说："下次演出时不用红墨水。""用什么？""猪血、鸡血、狗血，什么血都行，只要是真血就行。"

159

"狗血？"

两人笑了起来。

"这世上真是什么人都有。"

"是啊，你对猫再好，它到了阴间依然会说你的坏话。"

"有个导演准备让我去演电影里的乡村放映员。"

"哪个导演？"

"本地的，不是很出名。"

"他拍过哪些电影？"

"还没拍过，这是他的第一部电影。"

"我喜欢菲利浦演的艾佛特。"

雪隐说的是《天堂电影院》里的一个放映员。雪隐第一遍看完后放声大哭，以后每次看仍然眼含热泪。他已经看过五遍。老谢康也看过，他遗憾地说："戏不多，只有几场。"

"不要紧，慢慢来。"

雪隐意识到，这句"不要紧，慢慢来"不是很好，老谢康表面上轻描淡写，其实很在意。这平庸的安慰只会让老谢康失落，而不是真正的鼓励。

"剧本怎么样？"

"我觉得还行。"

"如果剧本一般，不要随便答应。"

老谢康看着虚空中某处："我就是觉得一般，又不知道问题出在哪里。"

"这是编剧的事情。"

他们的谈话像轮毂旋转，大多没有意义。回到千翻剧场，雪隐叫老谢康去医院，他一个人在剧院发呆。当初竭力怂恿老谢康把房子装修整理成剧场的是另外一位朋友，他当时已经在四部电影里演过配角，不温不火，希望有电影角色可演时去演电影，平时和几个兄弟演话剧。"你们出多少我也出多少，平摊。"大家都觉得凭他的名气引流，维持剧场运转没问题。刚开始半年确实如此，几个人一起努力，不但撑了下来，还小有盈利。后来这位老兄演了一部火遍全国的电影，他就再没有精力和时间来剧场了。每个人都有私心，并且毫不避讳，老谢康希望依靠这位越来越火的哥们推荐，让他有机会进入电影圈。雪隐的目的则是保持状态，等待有朝一日去表演真正的话剧。还有一位当时对话剧和电影都感兴趣的同道，剧场冷清下来后没有耐心等下去，撤股去洪边门开了个餐馆。餐馆生意不错，他多次对雪隐和老谢康说："我们是兄弟，随时来，把这里当成自家食堂，一点不要客气。"谢老伯住院后，几个人已经在他的餐馆里聚了三次。如果千翻剧场出现亏损（房租早已出现亏损），雪隐准备入股餐馆，或者开一家分店。

智者不陷于覆巢，开馆子理应早点着手。看着空荡荡的座椅，雪隐下不了这个决心。换一个烧坏的射灯时，他脑子里冒出巴里斯和普特南的对白，它们像吹在脸上的风一样不知来处和去处，忽然间吹在心坎上，然后无影无踪，一点也不影响脑子里想别的事情。

巴里斯：我真是好心没好报啊，我现在整个儿完蛋了。

普特南：您没有完蛋，您应该自个儿抓住时机，别等别人来指控您。自个儿就先把这事宣布出去。

他告诉老谢康，他找到办法了。可将晕倒的观众作为戏剧的一部分。下次排练，老谢康找个女性朋友来客串一下。她"晕倒"后，

南门桥——南门桥

雪隐解释这不是血，是道具。"晕倒"的观众站起来，抚着胸说："吓死宝宝了！"

"带哪个呢？"

"随你。"

雪隐在回家路上，老谢康微信发来文字：我不喜欢解释，表演就是表演，我演故我在。

雪隐：解释是表演的一部分，是在戏内解释。

老谢康：我讨厌什么都要解释，这简直是一种恶俗。

雪隐：我们活在解释之中，至少现在如此。

老谢康：确实。

"老伯怎么样？"雪隐用这句来结束讨论。老谢康心知肚明似的回复："还行。"

走完南门桥，雪隐对去不去买瓜子犹豫起来。平时买瓜子都是从家里出来时顺道买，回家从没买过。这不是什么大事情，不是表演也无须解释。他想去看樱桃树，小小的犹豫顿时烟消云散。

樱桃树在南方生长速度极快，这株和雪隐脑袋般粗的樱桃树最多不过十五年树龄。樱桃正在由黄变红，由蜜蜡变成玛瑙。正在成熟，也正在失去。每一颗樱桃上都有米粒般大小的亮点，一种不怕被吃掉的天真。也有不少羞涩地躲在树叶后面，仿佛还没得到树神的批准不敢露面。外地游人大多好奇地东张西望，本地人则莫名其妙地行色匆匆。从翠微巷经甲秀楼再顺着河边走也能到家，平时不走这里不是嫌路远，而是嫌人太多。

鲜艳的樱桃让他感到放松，它们不需要解释，季节一到如实奉上。一个平常不大联系的朋友来电话，有人把女观众晕倒的视频发到了网上。问雪隐怎么回事。雪隐忙躲到墙脚下面，避开强光查看朋友发到微信上的链接。"血腥演出吓倒女观众……"评论区说什么的都有，有人借机大骂演艺界混乱，有人认为艺术就应该真实。雪隐问老谢康怎么办，老谢康看完后说不用管，等几天就过去了。

"我感觉举报我们和发视频的是同一个人。"

"肯定是。"

"找人查一下？你认识的人多。"

"我试一下。"

雪隐删掉了链接，眼不见心不烦。删掉后干脆关机，以免其他人打电话询问。看到有人在河边放生，他才想起还没去给母亲扫墓。

清明节已经过去半个月，雪隐准备了一下，去周家山公墓为母亲扫墓。他不喜欢别人知道他姓杨。他上小学时，工程队招募技术人员，父亲去沙特铺设电缆，没回家商量就报了名。雪隐记得父亲和母亲争吵时强调工资高，比国内高三倍。母亲则说他逃避责任，雪隐当时听不懂。父亲打不起卫星电话，书信传递又慢。其间只写了一封信回来，信里说那里香蕉特别多，多到没人吃，只能摘来喂猪。几年后，父亲的同事陆续回来，父亲却杳无音信。他的同事说他有一天夜里离开工程队去外面，不知道是在沙漠里迷了路，还是去了别的地方。消息在学校传开后，喜欢开玩笑的同学编造谣言，说他父亲在沙漠深处挖宝。雪隐想起父亲唯一的来信最后落款只有一个字：杨。刚开始觉得父亲学外国人，渐渐觉得这是对他和母亲的冷落，越想越生气，这个"杨"字对他是一种羞辱，像一根无毒的牙签插在嘴唇上。从这时起他不愿别人知道他姓杨，和父亲那边的亲戚也不来往。改名雪隐，希望洁白的大雪覆盖住无边的大地，隐去

163

他不想看到的一切。

墓前不能烧纸和点香点烛，只能在指定的地方烧。指定地点在大门后面的空地，离母亲的墓很远，并且朝向都不一样，母亲的墓地要爬到半山再转到西面才能看见。雪隐有点生气，却也无可奈何。他把香烛纸钱带回家，在厨房为母亲烧。烧纸时把母亲遗像立在餐桌上，母亲苦涩的表情让他的眼泪一下滚出来。遗像前面摆了一盘洗净的樱桃，这是母亲生前最喜欢吃的水果。熟透的樱桃闪烁着光阴之美，饱满而又低调，不喜欢吃水果的人也会怦然心动。

夜里下了一场大雨，整个城市笼罩在雨声中，这是一种宽宏大量的声音。雪隐睡得很踏实，连梦也没做。遗像前的樱桃仍然新鲜，但远不如昨天晶亮。他洗漱好后看了看樱桃，对着母亲的遗像说："妈妈，我把它们倒了哈！"

南明河里的水比前一天浑浊，流速流量也更快更大，白鹤、杜鹃、点水雀比平时更容易捕食，浑水里的鱼虾没有因为浊水而惊慌，它们只是不知道自己的命运而已。白鹤捕到鱼虾后要么立即吃掉，要么一挫身起飞，去哺养它的幼崽，它们的巢在高高的槐树上。杜鹃和点水雀则飞到近处的水竹上。水竹栽在花盆里也就六七十厘米高，在河边疯长高达三四米，这让杜鹃和点水雀感觉特别安全。

春分之后翻水坝全部打开，以免洪水突然袭击。

市西河从雪涯桥下注入南明河，雪涯桥是一座漂亮的步行石拱桥，雪隐下意识地在桥上停留一会儿。这天他在桥上看着原贵阳一中后面的沙滩，如果三分钟内有白鹤落在上面，他继续在千翻剧场演出；如果没有，那就去开餐馆。只过了三十多秒就飞来一只白鹤，雪隐心里欢喜着走向剧场。从雪涯桥到千翻剧场只要两分钟。

剧场门口有三个年轻人在等他。雪隐比看见白鹤还高兴，以为他们是他的粉丝。他们的表情有点惭愧，也有点不耐烦。其中一位从文件袋里拿出一堆票据请他过目。是那位被"血"吓晕的女观众的住院费、治疗费、营养费、陪护费及精神补偿费，共五万三千一百七十元。雪隐第一感觉是敲诈，第二感觉是承认对方心思缜密。他认出来了，其中一个是那位女观众的男朋友。他不说话，说话这位比他年纪稍长，理了个寸头，脖子上吊了块乌木雕刻的观音，自始至终保持魅笑——让人不舒服的魅笑。别人都是薄衫加外套，他只穿了件短袖。

"我是易娜的哥哥。"票据上的名字是易娜。

"我现在哪有钱给你们。"雪隐说。

"没关系的杨老师，你只要承认就行，在这些票据上签个字，有了再给。你是艺术家，我们不会催你。"

居然彬彬有礼。让雪隐极不舒服的是他们连他姓杨都知道。那么，他们一定知道他原名叫杨光路。他在心里骂了一千个"操"。自己不是白鹤，而是浑水里的鱼虾。

"有人把视频发到网上，是不是你？"

雪隐问易娜男朋友。

"什么视频？"

"还有人到派出所举报。"

"杨老师，我不知道你在说什么，当时手忙脚乱，哪有时间拍视频。"

雪隐给老谢康打电话，老谢康在电话里用贵阳话爆粗口，如果他在场，大有几拳把这三个人打背气从此不敢再上门的架势。"老

165

雪隐，你狗日的不要签字，等我回来。"雪隐支支吾吾，不敢说他已经签了。他有点后悔，应该等老谢康回来再商量，不应该一慌张就签字。

老谢康并没有马上来，雪隐等了四十分钟后忍不住发微信：好久到？老谢康回：我爸今天查血。雪隐不但失望，还想起他看不惯老谢康生活中的几小点。他对父亲无微不至的关怀让他嫉妒，谢老伯对剧场的投入让他惭愧。自己不是浑水里的鱼虾，而是浑水里的田螺。不但没什么用处，还有点脏。他想到了血，自己身体里的血。继而觉得血还好，难过的是这副皮囊。仿佛他错过了什么，失去了什么，都是这副皮囊在拖后腿，跟不上他的想法。他渴望成功，却又觉得成功并不存在。他打开在翠微巷买来的瓜子，进来后放在桌子上生闷气，现在才想起来。瓜子的香味在口腔里弥漫开后，他感到一种解脱，乌木观音不再让他感觉难受。我今后要对老谢康好点，他是唯一能将就我缺点并认可我想法的人。他想，自己不应该做鱼虾和田螺，要做的是白鹤，永远要记住这一点。

老谢康到千翻剧场已是下午。"一堆杂事。"他说。得知雪隐已在票据上签字，他把夹在腋下的头盔往头上戴，中途取下拿在手里。"都没搞清楚你就签。算了，签就签了吧。签了不代表我会给。""谢老伯查血结果出来没？""转氨酶偏高。既然都举报了，还想来要钱，没门！""我问过，不是他们举报的。""他们的话你也信？""不是信不信的问题，是感觉，我感觉不是他们。""才住几天，哪里要得了这么大一笔钱。""都怪我。""怎么能怪你。该给的给，不该给的不给。他们下次再来，让我来招呼。除了杂七杂八，住院费多少钱？""八千多。""我中饭都还没吃，走，去吃碗牛肉粉。""你去吧，我不想吃。""一起去呀。""我哪里也不想去。""我打电话叫他们送。酸粉还是细粉？""都行。""什么都行，吃牛肉粉必须酸粉。""好吧。"

雪隐确实不觉得饿，可牛肉粉送来后吃得一点不剩。和老谢康有一搭没一搭地聊天，句子中间被吃米粉的呼噜声填满。"我想通了，即便不演戏，去开馆子，开理发店，同样会遇到麻烦。"老谢康想吃酸粉，店家说酸粉卖完了，只有细粉。"这粉真难吃。"老谢康只吃了一半，但他很快嘿嘿笑起来，"我爸说他吃过雪花膏炒莲花白"。雪隐认为自己能吃完是出于对食物的尊重，他比老谢康吃得快。老谢康喝了一口汤，接着说："我爸和两个朋友去看胡伯伯，张孃孃不在家，胡伯伯没炒过菜，把雪花膏当猪油，炒莲花白给他们吃。我爸和两个朋友假装不知道，照样吃，照样用雪花膏炒莲花白下酒，照样聊得开心。""就一个菜呀。""还有带壳花生。胡伯伯画公鸡画得特别好，我爸收藏过十多幅。""这次，怕又得靠谢老伯啰。"老谢康把吃到一半的米粉吐出来："真他妈难吃。"雪隐揽过他没吃完的饭盒丢垃圾桶。垃圾桶里跳出一只老鼠，很突然，雪隐本能地缩了一下手。不缩这一下，老鼠非碰到他的手不可。老谢康没看到老鼠，他在看手机。雪隐犹豫了一会儿，鼓起勇气说："我想不出别的办法了，能不能再卖张老爷子的字画？"老谢康没听，继续划手机，脸上的表情也没变。划了一会儿拿起桌子上的头盔，对雪隐说："走。"

"去哪里？"

"去了你就知道了。"

老谢康骑车一向很快，今天更快，从文化路到醒狮路 700 米，

167

只用了三分钟，包括等红绿灯。谢康爸住醒狮路 18 号小区。老谢康把摩托停在孔祥礼素粉店堡坎下面。花台里有棵傻里傻气的芭蕉芋，巨大的叶子足可当太阳伞，颜色虽然土，如果顶在年轻姑娘头上别有风味。

平时急需用钱就卖画，老谢康办好流程把钱打到卡上就行。雪隐不知道行情，也不知道老谢康卖掉什么画，卖给什么人。看到芭蕉芋，他在心头默想："难道叫我去卖？"

谢康爸的房子不大，两室一厅。老谢康偶尔回来住。书画在谢康爸卧室。老谢康领雪隐进去，指着靠墙码上去的箱子说，只有上面这两排还有，下面几排全是空箱子。老谢康把最上面两排搬下来放在床上，然后打开叫雪隐看。雪隐觉得没必要看，老谢康的语气和脸色告诉他，不看不行。看过一排空箱子后，老谢康重新把箱子码好。

"老雪隐，我宁愿把千翻剧场卖掉也不能卖画，我再也不能卖我爸的画了。"

老谢康颓唐地坐在床上。

"我对不起我爸。"

"还有我。"雪隐说。

"和你无关。我买摩托、买道具、装酷，都是出画得来的钱。"

墙上有一幅装框竹石图。雪隐不懂画，为了不看老谢康的脸，不接他的话，他怕他哭。第一次认真看画。他不知道画好在哪里，只觉得越看越有味道。尤其是竹叶，粗看只觉得生动，细看每一片叶子都不同，笔笔劲爽。题款经过反复辨识才把所有字读出来：曾于海上豫园中见之，今戏写此，凤阳白云。画家当时心情一定很好吧！可那块石头单看不像一块小石头，像挺拔的孤峰，有种仙气，同时却又磊落坦荡，遗世而独立。要是有人坐在上面弹琴，山下生灵听见都会竖起耳朵吧。

"我爸耗尽一生心血的收藏，被我出脱大半。他要是知道，非气死不可。"

那些箱子全都上了锁，老谢康用一根牙签就捅开了，日防夜防，家贼难防。

"这幅画值钱不？"

"废话。这是我爸最喜欢的画家。"

老谢康把雪隐带到自己房间，书桌上有画毡、毛笔、砚台、画册。一看就知道老谢康很久没碰它们。他从床下拖出一堆画稿，苦笑道："其实还是有灵气的，可我就是不喜欢。"雪隐不知道他有没有灵气，只知道老谢康满怀愧疚。

谢康爸少年时拜师学画，那位师父是文职军人，少将军衔。谢康爸十七岁时，师父去了香港，继而去了台湾。师父离开时把带不走的画送给他，他因此受牵连，从贵大采矿系毕业后到钢厂当工人，四十岁还没人敢嫁给他。他自称谢灵运后人，对谢灵运推崇备至，能背诵谢诗八十余首，任何场合都能做到信手拈来。当工人后不再画，但他喜欢和书画家交往。二十世纪五六十年代，收藏书画很容易，给他们写封信，表达敬仰之情，顺便索画。信里附上回函邮票，多数画家会把画寄来。老谢康出生后，他爸给他取名谢康乐，用谢灵运的别名，希望儿子健康快乐。虽是老来得子，谢康爸对儿子的教育很用心，从小就教他写字画画，给他找贵阳最好的老师。老谢康从小就不喜欢书画，好动，坐上两分钟就开始扭屁股，不是要喝水就是要屙尿。有一次他居然说他头晕。在大人眼里，一个八九岁的孩子不可能知道什么叫头晕。可那副煞有介事的样子让人疑惑，好像真是头晕。多次苦口婆心威逼利诱，终于答应坐下来，往往还没好好画几笔，脸上手上尽是墨。砚台不被他打翻两次绝不收工。他不喜欢照着《芥子园画谱》画，喜欢直接在书上面画汽车、画枪。汽车和枪是他自己命名的，别人看不出来。进入叛逆期，不光在学习书画上，在所有事情上都和父亲对着干，连叫他乐乐都不高兴，擅自改名谢康，把乐字去掉。"乐个啥，我一点也不快乐。"雪隐第一次叫他老谢康，他高兴得叭叭叭拍桌子，"太好了太好了，还是你懂我"。从此视雪隐为知己。

"等我爸出院，我要重新开始学习书画。"

"你不是要去演放映员吗？"

"切，不知道哪年哪月开机。"

"真的要把千翻剧场卖掉吗？"

老谢康答非所问："走，去吃个烤脑花，脑子不够用，吃个脑花补一下。"

雪隐想告诉他，烤脑花烤的是猪脑，猪那么笨，哪里能补。话到嘴边咽了下去。即便烤人脑，把最聪明的人的脑花烤来吃也没用吧。人不是吃脑花变聪明的，是吃亏变聪明的。烤脑花是文化路有名的路边摊。文化路不见得有文化人，吃烤脑花根本就不是为了补脑。

天黑后出摊，来吃的人不多。老板娘不急，她知道还要过两个小时。那些不是为了补脑，纯粹为了寻味的年轻人才会来到银杏树下，喝啤酒吃脑花。

老谢康买了一盒豆腐圆子、四个清明粑，还想喝奶茶。

老谢康去买奶茶，雪隐无聊地摸出手机。他点开微信看了一会儿，退出来才发现有条未读短信，自从有了微信，用短信联系的人越来越少，多是广告，或银行卡信息。他有短信洁癖，看见广告一律加入黑名单。看到短信内容，牙缝里渗出一股咸甜味。就像独自走在陌生的街头，肩膀突然被拍了一下。确实是熟人，但从没喜欢过的那种。他看了两遍："想知道是谁举报的吗？明天十点去南门桥，我会告诉你。"

他的第一个冲动是告诉老谢康，明天一起去。老谢康拎着奶茶回来，抱怨道："不晓得人怎么那么多。"雪隐按了下来，决定不告诉老谢康。短信已经发来几个小时，他没注意到，估计传来时正在老谢康的摩托上。平时听见"叮"的一声都要点开看看。

烤脑花端上来，包在两片莲花白叶子里，多汁的脑花上面撒了切碎的葱花、折耳根、煳辣椒。周边烤得焦黄，中间像油煎豆腐，被薄薄的筋膜分割包裹镶嵌。有股腥味。老谢康尝了一口，回头向老板娘竖大拇指："老板娘，烤得好。"雪隐没有觉得特别好，但可以吃。有人说他，把抹桌布油煎一下他都吃得下去。确实对吃什么不敏感。记不住吃过的东西，也忘了难吃的东西。无论在哪里吃饭，他只吃离他最近的菜。不吃离他远的菜不是出于礼貌，而是嫌麻烦。

"我有个想法。"

"你说。"

"剧场平时可以办少儿书画培训，演出尽量安排在晚上。"

"这个想法好。"

雪隐看出来了，老谢康没听进去。雪隐吃了两个清明粑，老谢康叫他把另外两个也吃了。老谢康不想吃，他还要一份烤脑花。太好吃了，必须再吃一个。

"你要不要也来一个？"

"不要。"

老谢康满足地笑着说："老板娘，再烤一个脑花，多放点辣椒，不要折耳根。"

雪隐做梦时，梦见一个似曾相识却又说不出名字的人，他说："我不吃花椒你麻不到我。"雪隐在梦里嘿嘿笑，醒来，觉得这就是叫他去南门桥见面的人。那人在他梦里说了一句："深院落花无客扫，空门掩月有谁敲。"这是什么意思，接头暗号？在梦里反复背了几遍，以免忘记。醒来后赶快记在微信笔记里。

在家里坐不住，离约定的时间又还早，他磨磨蹭蹭到楼下吃了碗豆花面。豆花太嫩，像豆腐脑，他不觉得好吃。油辣椒不错。自助区有青辣椒拌洋葱、酸莲花白、炒黄豆，每种都来点。他不光味盲，还是个杂粮口袋，什么都可以装，肠胃从不提反对意见。

没买瓜子，在街上吃瓜子毕竟不雅。

准时走上南门桥，没有人等他，往来路人没有一个停下。雪隐刚开始还有点紧张，站了一会儿没人搭理，顿时放松下来。他正准备用短信打招呼：我到了。对方信息先跳出来："很准时，这很好。你往南明河上游看，把你看见的东西告诉我。"

"你自己不会看吗？"雪隐嘟囔。

雪隐首先看见的是民族文化宫和远处一幢没完工的高楼。然后是河中倒影，倒影是箭道街建筑。河堤栈道蜿蜒而来，河面波光粼粼。

雪隐问："加微信，我发照片给你好吗？"

对方秒回："不，我要你用文字告诉我。"

172

雪隐有点不爽。他看了看北岸，看见一排郁郁葱葱的樟树。还看见几个大字：阳明古玩城。大字下面是传统宫殿翘檐式建筑。这里有个古玩城，雪隐第一次知道。从河堤上走过，也从古玩城旁边的巷子里走过，但从没注意过它。人不但有选择性记忆，还有选择性观察。何况多数时候只观不察。这不是对方想知道的吧。他带着敷衍回复："我看到民族文化宫和古玩城。"

"我要你看河里面。"

"河里面只有水。"

"只有水？"

"还有水草。"

"好吧，你再看下游。"

他第一眼看见的是排队等红灯的车辆。它们向北通过大南门的红绿灯。雪隐面前的车辆向南朝纪念塔方向，中间没有红绿灯也没有人行横道，溜得很快。

下游不远处是甲秀楼。建在河中，三层三檐，比现代建筑矮得多。但没有人去看现代建筑，一到南门桥，眼睛就会被古楼秀气的身姿吸引。沿甲秀楼上来，南岸是翠微巷，北岸是电网公司的房子和街心花园。雪隐不耐烦地回了三个字：

"甲秀楼。"

对方回："你让我失望。"

雪隐转发微信笔记里的句子："深院落花无客扫，空门掩月有谁敲。"

"我要你告诉我，你想起了什么。"

"你是谁？"

"我是我。"

雪隐有点恼火。很想回一句：去你妈的。忍住了。对方又来：

"我是我，你是你吗？"

雪隐不回答。

"你看见南明河了吗？"

雪隐还是不回答。当然看见了，但这用得着问吗？

"你不要不耐烦，告诉你吧，我就是举报你们的人。但这是有原因的，我必须找到我想要的东西。现在你在明处，我在暗处，所以你得听我的。"

"你在监视我？"

"我在看着你。"

雪隐恨不得把手机丢到河里去，甚至自己也跳下去。纵身一跃并不能刷新归零，何况他擅长戏水，跳下去淹不死，反倒平添笑话。

炒瓜子的老板娘从身旁路过，关切地问他是不是病了。雪隐难为情地摇了摇头。他从没在瓜子店之外见过她。比在店里面显得年轻，身材微胖，雪隐有几分感动，但尽量不表露出来。

"如果你什么也想不起来，只好请你去下一个地方。"

"那个地方离你家不远，只是你很少朝那边走。"

"嘉润路有个街心花园，你去过吗？"

"你去吧，街心花园中间有个牌坊。你去看看那个牌坊。"

雪隐一个字没回。他确实没去过，从那条公路出去，不到一公里就出城，是前往都匀和凯里，以及湖南、广西最近的公路。仿佛只要走上那条路，你不一会儿就能听见侗族、苗族嘹亮的歌声，还能闻到煮酸汤鱼的气味。雪隐很少离开贵阳，偶尔出差乘高铁或飞机都不从那个方向走，朝那个方向走的人大多自己开车。他不会开车，也没打算学开车。

颇感别扭，但他还是去了。

果然有一个牌坊。"高张氏节孝坊"几个字很清晰，走到假山附近就认出来。

什么意思？指责我不孝？瞬间想到了父亲。他的形象早已朦胧，只有血脉还在奔腾。虽然被指责，心还是一阵狂跳。原以为不想他了，其实从没放下。真希望藏在暗处的人是父亲。

斑驳的石头，模糊的字迹。一种古意扑面而来。

广东广州知府高廷瑶之文童高以愚之妻

这句话刻在横坊条石上，条石在"之"与"文"之间断开。

雕花很好看，却不知道它们是什么花，有何寓意。

看了一阵后回家，没有新短信来。浏览器上输入"高廷瑶"，得知是贵阳人，乾隆年间举人，"政声颇著，所到之处，吏畏民怀"。高以愚是他儿子，张氏嫁过来没多久，高以愚死了，张氏侍奉公婆没有再嫁。雪隐觉得这是一种戕害，是一种摧残，不值得赞扬。当问他看到什么的短信息飞过来时，他回答："我看到了愚蠢。"

对方没有往这个方向回复。

"看来你真的是忘记了，你在牌坊下面吃过饭。"

"怎么可能！"

雪隐感觉到身后有着一双锐利冷酷的眼睛，同时感觉浑身疲软，锐利眼睛像鱼鳞一样在空中旋转，躲是躲不开的，得用手去抓。他进屋后立即换衣服才好受了一点。本应给自己下碗面，或者叫个外卖，但一点胃口也没有。说他在牌坊下吃过饭，这是诬蔑，是羞辱。

175

真在牌坊下吃饭也不是了不得的事情，他却感到小小的恐惧。这人语气肯定，洞悉一切。雪隐躺在沙发上，后背不空，心里踏实了一些。他在浏览器里输入：高张氏节孝坊。大出预料，不但有文章，还有视频。第一篇提到的内容，看完后身体没任何反应。

高张氏节孝坊位于贵阳嘉润路附近。该牌坊始建于道光二十一年（1841年），次年竣工。三间四柱石结构，高8米，宽9米，正面朝北。部分字迹已经模糊不清。据居住在附近的老人介绍，这里原有六座牌坊，皆因各种原因被拆除，剩下这一座也因缺乏保护而日渐破败。

还说高家是当年贵阳世家大族。当时有三家，华家的银子，唐家的顶子，高家的谷子。

第二篇大不相同，全身不是发凉，而是发热。

嘉润路南岳巷棚户区改造时发现一座道光年间牌坊，房屋拆开后，牌坊裸露在废墟上。南岳路改造前，牌坊隐藏在民房里面。红砖房利用牌坊石柱，以砖封堵后，牌坊失去原貌。住里面的人把石柱当房柱，石柱与红砖之间缝隙打上钉子，牵上铁丝，铁丝上挂铁锅、腊肉、菜板、笤箕、锅铲、筷筒，以及衣服、帽子、挎包、雨伞。

在牌坊下面吃饭不可能，在砖房里吃饭则是另外一回事。

这暗示了他曾去过某个人的家，并在那里吃过饭。

睡着的人被惊醒后思维变得跌跌撞撞。雪隐问老谢康，有没有认识的什么人住在南岳巷。老谢康反问南岳巷在哪里。他又给关系比较近的几个人打电话，只有一个人说认识住在南岳巷的人，名字和身份说出来后，雪隐却又不认识。然后随机从通讯录上拎个人出来打听。不常联系者得先寒暄一番，不得不一起回忆以往的某件事。

176

雪隐有点急躁，有点不耐烦，人家却好奇心爆棚，追问他是不是要在南岳巷买房，新楼盘位置不错，就是太贵。有人怀疑他的女友被南岳巷的某个人抢走，劝他不要冲动，好聚好散，重新找个合适的。中间有人说起一个他们互相认识的人住南岳巷，聊到最后才发现这人不是住在南岳巷，而是南岳新村，并且两年前才搬进去。雪隐要找的人是五年前住在南岳巷的人，南岳巷改造前，住牌坊下面的某个人。

不知不觉已到晚上，他仍然没胃口。打开电脑，希望利用网络寻找蛛丝马迹。多是介绍高张氏节孝坊的规制和拆迁过程中的惊喜。网络是一条泥沙俱下、浩荡宽阔的大河，雪隐像钓鱼一样以"南岳巷""高张氏节孝坊""住在牌坊里的人""嘉润路"为诱饵，但他没有钓到他想要的那条鱼。

南岳巷和嘉润路于二〇一八年五月开始改造，改造结束后宽阔的道路叫花冠路。南岳巷和嘉润路各剩下一小段，并且各在一边，像两节切剩下的香肠。

"想起来了吗？"

雪隐气急败坏回拨过去，对方不接，直接摁掉。雪隐一连打了十次，对方把他拉进了黑名单，"您拨打的电话正在通话中"。

他心里的阴影变成一块生锈的铁，无论身体动还是心里动，铁锈都会簌簌掉落，想要折断它、切掉它却又绝无可能。

半夜了，雪隐下楼，穿过纪念塔地下通道，从市南路到粑粑街，七分钟后，再次来到高张氏节孝坊。南岳巷改造后面目全非，但牌坊仍在原地。假山和花草树木代替了棚屋，曲径和青石阶代替了巷子和楼道。

即便站在牌坊下也想象不出当初房屋的形状和朝向，雪隐对这一带本来就不熟，为此既感到委屈，也有点沮丧。牌坊在夜里看着比白天高大，这是街灯的缘故。牌坊立起之初，这里应该有高家大片田产，即使不远处有人家，也没人想到有朝一日它会被房屋包裹，依牌坊而住的居然有七家人。这种包裹是最好的保护，让它躲过了被拆毁的命运。离此处不到一公里的油榨街曾经有二十多座牌坊，如今只能在十九世纪一位法国传教士拍摄的照片里见到它们。

一只长着燕尾的大蚕蛾撞在雪隐脸上。深夜湿气重，大蚕蛾像醉汉一样跌跌撞撞。雪隐小时候听说，蛾子磷粉吸进鼻腔会变成"齆鼻子"，磷粉可融掉鼻腔里的毛细血管，让鼻腔变空变大，说起话来瓮声瓮气。虽是没有根据的说法，他还是急忙找纸巾擦脸，哪知根本没带纸巾，只好用衣服下摆擦。由于用力过猛，把脸擦痛了。看到公厕指示牌，沿箭头所指走进去，在洗手池把整张脸洗了一遍。

洗手时他想起一个人，那人每次洗手都要认真洗指甲缝。他叫范与孟，怕别人闻到他手上的鱼腥味。他家住南岳巷。他们没叫他老范与或者老范与孟，因为不是一个圈子里的人。初中毕业后再没见过。走到楼下，雪隐把想好的句子简化，只回了一句："你是范与孟。"

进屋后他把手机丢到一边，倒下便睡。梦很乱，范与孟一会儿变成老人，一会儿变成从沙漠里回来的父亲，一会儿变成看不清面相、似曾相识却又不知他到底是谁的半陌生人。最累的是用手机回短信，看不清屏幕上的字，被一层淡淡的白光覆盖。输入键不听使唤，本意按 C 偏偏跳出 V。再按，什么字也没有，像在沙地里跑步，再怎么努力速度也上不去。不但累，还很沮丧。他想问范与孟，他什么时候在他家吃过饭。真吃过，他愿意十倍百倍偿还。范与孟的形象很模糊，似乎是个死人。雪隐说："对不起，我不知道你死了。我给你烧点纸吧。"

醒来后想起，确实在他家吃过饭。那是初中二年级暑假，当时和妈妈住在蓑草路，不想做暑假作业，从家里溜出来，像一条无所事事、对什么都有兴趣、却又不想惹是生非的小狗。蓑草路与南岳巷之间隔着嘉润路，不知不觉走到南岳巷入口。南岳巷是一条庞杂的小巷，门面低矮，而门前全都支着小摊。巷子不但狭窄，还曲折，还有坡，拐弯时斜向一边，盯着路面看会发晕。支在门板上的小摊须以砖头找平，也因此摇摇欲坠，故意等着有人来碰垮它们似的。剩下的路心只容小车经过。贸然进来的司机不冒出一身大汗休想开出去。杨光路（那时还不叫雪隐）正犹豫要不要离开，范与孟叫他，他这才看见范与孟在帮他妈卖凉虾。凉虾是一种将大米做成虾状，漂浮在白糖水里的小吃。范与孟妈妈给他舀了一碗，他跑开了。他没带钱。遮阳伞撑杆上挂着一块纸板上写：孟孃秘制凉虾。范与孟追上来，热情地邀他去家里打游戏。这比叫他吃东西诱惑更大。玩了半天游戏，还留下吃了饭才回家。

难道我忘记这顿饭你就要举报我？就要和我过不去？难道他真的死了？死人会用手机吗？

雪隐带着不屑和自负地给范与孟发短信："范与孟，我想起来了，的确吃过你家的饭，你算一下，这顿饭多少钱，我十倍还你。"

对方回复："你心胸怎么如此狭窄？我会为了一顿饭耿耿于怀？你错了！你在我家吃饭，我一直很感激，在那间破房子里，你是唯一愿意和我一起玩的人。"

179

雪隐还没想好说什么，对方第二条短信又飞了过来，速度之快，像与此同时射出两颗子弹："如果是为了一顿饭，我叫你去南门桥干什么，叫你去看水吗？我看你是脑子进水了，你也不好好想想！"

后面跟了八个感叹号，像八个被激怒的士兵。

雪隐想象在某间没拉开窗帘的房间里，范与孟暴跳如雷。

和面对面清楚看见表情不同，从手机里飞来的短信，对情绪的影响要慢一些。也恰如被子弹击中的人，首先感到惊讶，然后才是疼痛。雪隐从不用感叹号，这八个感叹号让他感到不适。他说："你有什么话直接说呀，何必转弯抹角。"

对方说："我这是在向你学习。"

雪隐："莫名其妙。"

他意识到对方很生气，自己心态要平和些。他补了一句："关系再不好，毕竟是同学呀。"

"同学。"

同学二字后面跟了一个飙泪的表情包。雪隐原以为微信才有表情包，不知道短信也有。

雪隐不仅感受到内心一片荒芜，还看到自己被推上拳击台，要他和一位私下有过节的拳击手过招。不是要把对方打败，而是要把对方打痛，他同时还身兼观众和评论员。在舞台上，他同时扮演过多个角色，可在现实生活中还是第一次。

"大雪可以隐去一切，但这是暂时的，你这个名字并不好，我还是喜欢叫你杨光路。铺满阳光的小路，坦荡干净。"

这话让雪隐特别生气，他把对方拉黑，不想再看到他的短信。拉黑后拨拉手机，发现短信仍然可以飞进黑名单，只是不显示而已。

他以为通信公司只能做到让你眼不见心不烦，并没在你手机派驻警察，把不想见的信息彻底消灭掉。其实有一个"疑似诈骗"和"骚扰电话"功能，他没注意到。黑名单里的对方有两条特别重要的信息：

"我不过是想让你们尝尝被检举的滋味。"

"你演《赌徒的忏悔》时我去了，我给老谢康发过信息，真打算赞助你们一笔钱，让你们做自己喜欢的事情。现在，我有点失望。"

范与孟就是那个神秘的赞助商。

雪隐第一个念头是把范与孟从黑名单里放出来，回一句再拉黑："不要你的臭钱，不稀罕。"

那个神秘的赞助人，他一度以为是曾经和他同居过的女友，她离开时说："放心啦，从此我们两不相欠。"她出手大方，喜欢帮助弱者。而内心，他更希望是不负责任的父亲。后一种希望极其渺茫，愿望却无比强烈。范与孟出乎他的预料，也让他很不舒服。

他把手机放家里，准备再去南明河边走走，看能否想起什么。走到街边感觉有点饿，想吃碗面，不得不倒回去拿手机。已有好几年没用现金，对五元十元面值的钱尤其陌生。小时候，母亲给他准备了一个存钱罐。母亲去世后，存钱罐不知去向。而他对硬币和角票特别厌恶，不是它们买不了什么东西，而是它们总是脏兮兮的，很难有干净的。

拿手机之前想吃湖南面，重新来到街上后决定去尝下螺蛳粉。听人说螺蛳粉特别臭，喜欢的人喜欢得不得了，不喜欢的人闻一下都要赶紧捂住鼻子和嘴。只加汤不加螺蛳十元，加螺蛳十五元。雪隐没犹豫,既然是尝试,就得连螺蛳一起吃。没觉得特别臭,也不觉得特别香。他不怪螺蛳粉,一如既往地怪自己味觉单调。吃之前脑子有点晕有点涨,吃完后顿时好了许多。原来胃也是脑子的一部分,它们至少相连,在主人不知情的情况下发挥作用。过人行道时,一个擦肩而过的中年妇女回头瞪了他一眼,厌恶地连连摇头。雪隐双手捂住鼻子和嘴,吸进自己呼出的气体,仍然没闻出多少臭味,远不如偶尔吃大蒜导致的口臭。

走到翠微巷,特地买了半斤原味瓜子。收了几张广告单折叠成貔貅袋,坐在河边慢慢吃。两岸都有钓鱼的人,他们不苟言笑,表情像岸上的石头,麻木中透着坚定,仿佛如此一来,鱼更容易上钩。鱼被钓起来投进水桶,钓鱼的人才开始笑,笑容像婴儿得到了想要的东西,特别单纯。

雪隐发现瓜子比平时更香,肯定不是瓜子比平时炒得好,而是吃了螺蛳粉。意识到这点,独自笑起来,也笑得单纯。

因为单纯,心也松开了。他给范与孟发了条短信:"我在南门桥。"

范与孟:"谢谢。"

河里有大鱼,雪隐见过。被钓起来的却多是小鱼。这没给雪隐任何启发,只感觉心里空空荡荡,没有东西能进来,也没有东西能出去,自由进出的只有瓜子的香味。香味越飘越远,像灵魂出窍,吃瓜子的只是一副躯壳,甚至一台机器。出窍的灵魂不像无人机那样高高在上,它对空间没有需求,凡是它想去的地方它都能去。不过,下一代无人机也许能做到这一点。

南门桥又叫南明桥。一六四四年,朱由检煤山上吊,清军攻入山海关，南方诸王相继登基，其中势力最大存在最久的是桂王朱由榔，这是南明一词的来源。一个没得到正史承认的王朝，一个茫然如丧家犬的皇帝。帝位没能保住，却留下几十个与之有关的地名，永历乡、永历村、南明区、南明河、南明塘、南明山、南明路、皇帝坡、骑龙村，还有公司叫由榔府城建设有限公司，足见皇权有多么深入人心。最搞笑的是，朱由榔将安隆千户所作为行都时，将安隆改名安龙，清军攻克安龙后立即将安龙改名安笼。至民国十一年（公元1922年），政府将安笼县改回安龙县。改"隆"为"龙"没能让朱由榔成为真龙天子，改"龙"为"笼"也没能笼住什么。就像南明河里的水，不但从未倒流，也不可能停止哪怕一秒。这是一种诚实，也是一种公平。

雪隐给范与孟又发了条短信："我不知道何时何事伤害了你，请直说。"

范与孟："你会想起来的。"

雪隐："我确实想起来了，但我不知道怎么就伤害了你。"

有人钓起一条大鱼。说大鱼是相对南明河而言。钓鱼的人说，他好久没钓到这么大的鱼了。一条背脊发黄的鲤鱼，有成人的小臂那么长。这条大鱼让雪隐想起暑假里的一个深夜，他来到南明河。白天在网吧打游戏回家太晚，被妈妈揍了一顿，还不准他进屋。他并不害怕，也没多少内疚，只觉得妈妈有点烦。他不知道他刚下楼，妈妈就出来找他，她哪敢真把他关在门外，不过是一时使气。找到天亮没找到，累倒在马路边。雪隐得知这一切后再也没进过网吧。这也是他忘了那天晚上在河边看到范与孟的原因。

他看见范与孟和范与孟的父亲用渔网捞鱼。有关部门为了改善南明河水质，往河里投放了一百多吨鱼苗。这些苗并不小，最大的有半斤重，小的也有二三两。范与孟没料到雪隐会出现。

"半夜三更的，哈，像个夜游神。"

雪隐心情不好，没心思开玩笑。

范与孟叮嘱他不要把看见的事说出去。雪隐做了保证，在不远处的石头椅子上睡了一觉。三天后开学，遇到老谢康，他没能忍住，把河边的故事讲给老谢康听，并叮嘱他不要告诉其他人。

他真诚地给范与孟发了条短信："我确实没能保守住秘密，但我只告诉老谢康一个人。"

范与孟："如果这么简单，我不会叫你看了南明河后再去看牌坊。你问问老谢康，问问他爸，他们干了什么。"

雪隐说谢康爸病重住院，随时有可能不治。

范与孟沉默片刻，叫雪隐加他微信，他语音讲给他听。雪隐将装满瓜子壳的貔貅袋放进垃圾桶，从石椅起身时的念头是袋子离手就加范与孟的微信。垃圾桶腾起一只苍蝇改变了他的念头。这不关苍蝇的事，而是他性格中的犹豫不决和小聪明。讲给老谢康听，除了传播隐私的毒性诱惑，还有对捕鱼本身的反对。这是用来治理水质的鱼，不应该捕呀。这团正气并不大，但它能让小小的毒瞬间膨胀。有了正义在身，讲给老谢康听时还顺带嘲笑了一下范与孟的窘态。盗取公共财产没有偷个人财产那么可耻，但毕竟是偷，不可能感到光彩。他叮嘱老谢康不要外传，这当然是不可能的。很快，全班同学都知道范与孟半夜偷鱼。打趣扯笑时会隐喻性地来上一句，卖鱼喽卖鱼喽！一边没心没肺地哈哈大笑，一边看范与孟的反应。

雪隐给老谢康打了个电话，问谢康爸如何。老谢康说没好转也没恶化。谢康爸即使没住院，雪隐也不可能问他对范与孟做过什么。加上范与孟微信后，关闭所有铃声，把手机放兜里，他不想现在就听范与孟说话。

南门桥与甲秀楼之间有个翻水坝，范与孟和他父亲当时在离翻水坝不到 10 米的地方捕鱼。这里水深，受惊吓的鱼喜欢往深水里躲藏，这恰恰是致命的陷阱，范与孟的父亲撒一次网就能捞起几十条。

雪隐当时有点同情被网打上来的鱼，现在则感觉身体里有一条非物质、没有形象的鱼。这条鱼和范家父子无关，是生活的网让他挣扎，让他无所适从。有时感觉一定能冲破这张网，有时觉得永无可能。想把这条鱼拿出来丢到某条河里去，他知道，自己所能做到的不过是把身体丢进眼前这条河，身体里那条鱼不受影响。他出生时又嫩又白，和母亲认识的人都想抱他。母亲充满怜爱地说，真想把他蘸煳辣椒吃掉。他模糊记得，妈妈摸着他的头发落泪时告诉他，要做一个好人。他没想过何谓好人，现在范与孟告诉他，他算不上好人。

范与孟从微信里传来三十七条语音。雪隐第一感觉是陌生，声音和语调都不熟悉。听了几条后，才为没有变声之前的少年和微信里的声音找到共同点：声带振动时不那么连贯，似有积碳的汽缸。这种声音具有一种权威性，仿佛每一句话都经过深思熟虑。

事情并不繁杂。老谢康听了雪隐的话，回家后告诉父亲。谢康爸当时在贵钢后勤科当科长，他发现最近食堂采购员买回来的鱼不如平时新鲜，报价却一样。暗中调查后发现他买的是环卫鱼。为了惩罚采购员，把卖鱼的人一起举报，范与孟的父亲被罚款一万元。

"你知道一万元是什么概念吗？是我父母半年的收入。你父母

185

都有工作，永远不知道打零工为生的人有多难。我妈在南岳巷卖凉虾，一碗才赚两角钱。要是遇到城管出击，还会连本钱都收不回来。"

"我知道打环卫鱼不对，但是，投入进去的不是几十斤，是几十万斤。我们捞起来的不到千分之一，这对南明河的生态治理有影响吗？"

"你也许会说，如果人人都去捞呢？哪有人人都去做同一件事情的。毕竟不是家家都像我家一样穷啊。"

"我爸交完罚款，我妈想去跳河。半夜里听到她的哭声，我就想宰了你们。我爸求了十一个亲戚才把罚款凑齐。"

听完了，雪隐不知说什么好。回家时看见路边一丛茂盛的水鬼蕉，白色花瓣又细又长，向下垂悬，像大蜘蛛的长腿。他并不知道它叫水鬼蕉，用相关手机应用软件识别后才知道。叶子像豆豉草，比豆豉草肥厚，手机应用软件上说它又叫蜘蛛兰却与兰无关，是一种石蒜。水鬼蕉没给他任何启发，他喜欢它开出的白花。雪隐像傻子一样看了很久，有种莫名的轻松。

老谢康在电话里告诉他，赞助费已到账。与老谢康抑制不住的激动相反，雪隐像死水一样平静。

"你猜有多少，我保证你猜不到。"

雪隐特别讨厌"猜"这个字，这个字比"操"差多了。前者像一堆屎，后者像一把刀。为了浇灭老谢康的兴奋，雪隐问了一句："谢叔好点了吗？"这话今天问过第二遍。老谢康立即意识到雪隐的冷淡。"老雪隐，你怎么了？""没怎么。"老谢康无趣地挂掉电话。雪隐不用猜也知道他骂了句狗日的。

谢康爸大半生受到排挤，临退休才当了个小科长。他非常认真，认真到不近人情却以为这是对单位好。"单位"在他心目中超过了组成单位的具体的人。他的正义和公平是作为科长的正义和公平。对于下属的抱怨，他理解为人性的自私自利。没当科长时，他能一针见血地指出时任科长的问题所在，透彻、风趣。这让后勤科大多数人以为让他当科长一定比其他科长强，哪知他真当上科长后，工作方法和处事能力远不如前面几任。众人私下哀叹，不能让上了年纪的人掌权，尤其是从没掌过权的人。

　　谢康爸只当了两年科长，在众人的挟恨声中提前一年退休。退休后用了六七年才调整好心态，老同事说他只有脱掉科长的皮才是一个好玩的人。有一天他把儿子叫到卧室，指着自己收藏的字画说："当什么都可以，就是不要当官，这些收藏够你吃一辈子。"直到躺在病床上，他也不知道"吃一辈子"是个数学概念，与经济学无关。数学概念只包括吃好穿好，不包括性情，不包括欲望，不包括市场行情，也不包括儿子的任性。

　　雪隐给范与孟回了一句话："我听完了。"

　　范与孟回："我也说完了，再也不说了。保重。"

　　雪隐："你父母还好吧？"

　　范与孟："还行。"

　　雪隐："我想去看看他们，当面向他们道歉。"

　　范与孟回了一个抱拳表情包。雪隐想了一会儿，不知带什么礼物合适。买箱牛奶有点低端，关键是，他不想拎一堆便宜东西。路过气象局，看见有人卖"竹夫人"，长短大小不一的长条形的竹抱枕，说是夏天抱着睡觉凉爽。也不贵，就买这个？这时范与孟来电

187

话，叫他"光路"。

"光路，我想请你来我这里一趟，有东西想给你看。"

"我想先去见你父母。"

"他们不在贵阳，老家有人办酒，他们吃酒去了。"

不太想见范与孟，却又找不到理由拒绝。

"来吧，我在天逸城，离你不远。"

确实不远，从石岭街到天逸城两三百米。雪隐不想立即就去，他买了一个"竹夫人"，像捕鱼的竹篓，无口，镂空编织六边形，透气孔很漂亮，青篾片有股竹香味。想到自己还没结婚却有一个"夫人"，忍不住暗笑。这是偏胖的中老年人或孕妇使用的物件，自己这是未老先衰？竹夫人横在床上，一点也不性感，像一个捕兽器。或许可以把灵魂放在里面，肉体放在一边，这样可以睡得更好。老谢康不断换女友，却抱怨没有一个女孩能给他真正的爱情。雪隐对此从没说过自己的想法，有羡慕和嫉妒，也有嘲笑和提醒，却也全都无关痛痒。最近发生的事让他意识到，今后要认真一点。如何认真没想好，自己可以自暴自弃，对别人不能不顾后果。不是胆小怕事，是免得惹麻烦。麻烦像一团烂泥，碰上后很难一次清理干净。雪隐哪里也不想去，等范与孟的父母从乡下回来，向他们道个歉，从此不再有瓜葛。他不想让小小的道德和小小的尊严时不时吹来一股轻悲的烟尘。

打开电脑，点开《机动都市阿尔法》。这是一款联机游戏，机甲变换和攻防设计都很新颖，既可和在线的陌生人角逐，也可约朋友上去对打。

沉浸在游戏中，世界从身旁飘过，很快不知去向。激情和专注超过做任何事。虚拟的城镇和战场在生活中从没见过，可他并不觉得陌生。在现实世界里，对每天走过的街道、河堤视而不见。在游戏中，也看不见精心绘制的城堡和村庄的细节。在现实世界里，只有眼睛和双脚；在虚拟世界里，只有眼睛和双手。既没感觉到肉身的沉重，也没意识到时光飞逝。

范与孟来电话问他好久到，他像被家长提醒不能再打游戏的孩子一样吓了一跳。范与孟要给他看的东西已发到他微信。雪隐看了看，似乎是一块铜板。上面有篆字印章，旁边以行草释文：恭则寿，水在山清，江清月近人，有恒心，春秋多佳日，古人我师，姚华。

似乎是古董。

范与孟说，这是一个民国时期的墨盒。

"姚华是谁？"

"一个进士，贵州人，当过北京女子师范大学校长，鲁迅、陈师曾、梅兰芳都对他有很高的评价。来嘛，来了慢慢聊。"

"我对这个不感兴趣。"

"这是谢康乐他爸收藏的。还有其他东西，你不想看看？"

雪隐觉得自己像个白痴，也像不情愿的相亲。他不得不去的原因不是谢康爸的收藏被转卖到范与孟名下，而是范与孟说，为了招待雪隐，他从家里拿来两碗母亲做的凉虾，希望他能尝出当年的味道。雪隐对味道记忆一向不深，范与孟如此刻意让他不好拒绝。范与孟到楼下来接他，雪隐感觉有些不正常不真实。面相、身高，完全出乎他的预料。上中学时，范与孟结实又短小，总是坐第一排，行动时像加满油的小摩托。现在，他比雪隐高出一把汤勺。面容清瘦，还有几分苍白，仿佛已是中年，走路有点摇晃，当他提起一只脚时，像一只麻雀准备从电线上起飞。

"光路，我们有十四年零两个月没见面了。"

"你的数学这么好？我记得你语文更好。"

"不是数学问题。"

范与孟用蜂蜜调凉虾。用的是野菊花蜜，先是微苦，然后才是香甜。凉虾从冰箱里出来，冰凉爽滑。范与孟的动作和吃凉虾的碗勺，显示出他比同龄人精致，同时也是一种老气横秋。

房子很大，墙上挂满了画，桌子上堆满了画册和练习书画用的草纸。雪隐看画，就像山羊看日月星光，并非没见过，但心理距离比看一棵草一片叶子要远十万八千里。

"你慢慢看，看看有喜欢的没有，送一幅给你。"

"我拿来干什么，我又不懂。"

雪隐扫了一眼，没打算全部看一遍，真的不懂。

"懂不懂一点也不重要，喜欢才是最重要的。"

"都很值钱吧。"

"也不一定。"

"微信上那个东西呢，值多少钱？"

范与孟从一堆草稿里把墨盒拨拉出来。

"行情好的时候两万三万，行情不好时五六千。"

雪隐把墨盒托在手里掂了掂，很沉，有股淡淡的铜绿味。

"你是怎么得到它的？我是说渠道。"

"喝什么茶？绿茶红茶？"

"冰红茶。"

"哈，这个我没有。我泡绿茶吧，要学会喝茶，茶是百草之王。"

范与孟鼓捣茶具时把两个假肢取下，说这样舒服些。看上去像从机器人身上拆下来的零部件。雪隐感到脚脖子凉了一下。有意不去看它，它却比房间里任何一样东西更具吸引力。他不看它，它却在看他，它似乎有一双极具杀伤力的眼睛。假肢让范与孟比一般人高。雪隐感到一种从未有过的怜悯。

"我从技校毕业后就去搞工程。"范与孟说，"我搞的是电力工程，有一天被高压电打得滚下来，醒来后两只脚没了。"

雪隐抑制不住想：这房子是赔偿金买的吧。

"我手下有个绘图工程师，有一天（哈，我好多事情都发生在有一天），这个工程师说有人卖字画，劝我把它买下来。我当时和你一样，什么也不懂，买这个干什么。工程师说：'范总，我不会害你，你一定要听我的。'他把我带去和出画的人见面。见面后听他们谈论字画的来历，感觉他说的人有点像谢康乐。我私下打听，还真是。这下我来了兴趣，叮嘱卖画的人，谢康乐出手的画我都要。那几年真有钱，出手也大方。买上瘾了，其他人的也买，不管真假，喜欢就买过来。等我收满了一屋子字画，检查工地时出事了。落了一把扳手，我想去把它捡起来，哪晓得有电。当时想死，想跳楼。有一天，我觉得老天另有安排，我才没去死。"

雪隐无话可说。这不像一个年轻人的故事。他像山羊突然对星星感兴趣一样，看了一眼范与孟身后的对联，辨识了好一会儿才确信自己认出了所有的字。

余家曾藏有韩毅所书联其文即此今戏为书之

万事随心皆有味一生知我不多人

丁巳秋月如莲老人并记

191

心里似有所动，却不知因何而动。范与孟还在说，说给自己听，说给雪隐听，说给不在场的人听。雪隐的心思进进出出。范与孟说他装上假肢后，有段时间在南门桥练习走路，扶着栏杆走。不用扶栏杆后仍然喜欢去南门桥。走在桥上，想起许多年轻时的事情。不光和父亲捕过鱼，他还混在清淤队伍里捡到过一堆不值钱的东西。当时天很冷，大部分河床露出来，武警部队和有关部门一起清理淤泥。他还是个小屁孩，在大人腿间钻来钻去，一点也不怕冷。父亲捕鱼被罚款，他冷落南明河好几年。

"搞工程后见过的山川河流多，觉得还是南明河好，与世无争，平和、安静、有条不紊。"

雪隐脑子里闪现的是雪涯桥。桥下的水遇到坑遇到坎照流不误，没人指责这么流下去道德与否，是对是错，自然而然的事情和人生完全是两回事。受到讹诈时，雪隐确实想不通，不过，他在桥上徘徊时并没有跳河的冲动，仅仅是一种体力消耗。

"茶泡好了，喝茶。"

雪隐看见桌子上有从翠微巷买来的瓜子，忍不住笑了起来。灵魂到这时才来到屋里，和他一起笑。调出手机里保存的句子问范与孟：深院落花无客扫，空门掩月有谁敲。

"我哪里写得出这么好的句子。"

晕倒的女子，讹住院费和精神赔偿，这一切是不是你安排的？雪隐几次想问，几次打消念头。当锃亮的假肢刺了他一下时，他决定再也不问。